lutz bloos

alekull

ein skandinavischer bilderbogen

Impressum:

Bibliografische Information der Deutschen Nationalbibliothek
Die Deutsche Nationalbibliothek verzeichnet diese Publikation in der Deutschen
Nationalbibliografie; detaillierte bibliografische Daten sind im Internet über
http://dnb.d-nb.de abrufbar.

© 2006 Lutz Bloos
Lektorat: Susanne Bloos
Coverfoto © Heike Schmielau-Bloos
Herstellung und Verlag: Books on Demand GmbH, Norderstedt
ISBN: 9783837044485

Für Heike, Tina und Susi

Vorwort

Als mein Vater mich fragte, ob ich sein Buch als Weihnachtsgeschenk bei Books on Demand verlegen könne, stimmte ich zu – nicht wissend, was auf mich zukommt.

Zu meinem Glück in seinem Unglück haben seine Schlaganfälle zwar Spuren hinterlassen, aber sein Sprach- und Schriftzentrum weitestgehend wieder freigegeben. Dennoch findet man eine Menge Tippfehler auf knapp 130 Seiten, und gerade die Entscheidung ob man nun der neuen, der alten oder einer moderat gemischten Rechtschreibung folgen will, war nicht immer ganz leicht.

Sollte sich also hier und da ein Fehlerchen durchgemogelt haben, geht es auf meine Kappe – ungenaue Orts- und Zeitangaben jedoch zu Lasten des Autors, da ich hier nur mit Sicherheit alle in den Sommer 1990 datierten Ereignisse als falsch zugeordnet festlegen konnte. In diesem Jahr waren wir nicht in Schweden, sondern in Kanada.

Dazu kommt, dass mein Griechisch gen Null tendiert – ich bin froh, dass ich die meisten Zeichen kenne, aber ich kann diese Sprache nicht lesen und verstehen gleich gar nicht, hier bin ich ebenfalls darauf angewiesen, dass mein Vater noch weiß, wie es heißt und geschrieben wird.

Sollte dem Leser auf den folgenden Seiten etwas griechisch, lateinisch oder schwedisch vorkommen, so wird er mit ziemlicher Sicherheit Recht haben. Ich habe nach einigem Überlegen darauf verzichtet, ein Glossar anzulegen, denn die meisten schwedischen Begriffe ergeben sich aus dem Zusammenhang, und falls der eine oder andere Leser sich fragt, wer um alles in der Welt Stinki denn sei, folgt hier die vorauseilende Antwort: Unsere Katze. So getauft, weil sie im zarten Alter von wenigen Monaten durch Mietzi erschreckt, die das ältere Hausrecht besaß, auf die Enzyclopaedia Britannica kackte. Der liebevoll von Heike gereichte Putzlappen veranlasste meinen Vater zu einem mittleren Wutanfall – Wasser an die heiligen Bücher! – und die Katze hatte ihren Namen. Dass sie eigentlich Mauz und Murmel hieß, wussten nur wenige, zum Beispiel, der Tierarzt.

Als ich zehn Jahre alt war, haben wir Alekull zum ersten Mal heimgesucht. Natürlich habe ich andere Erinnerungen, als mein Vater, zum einen, weil jeder andere Dinge als wichtig erachten und dementsprechend abspeichert, zum anderen, weil ich natürlich in meiner kindlichen Neugier und Verspieltheit auch vieles anders entdeckt habe. So vermute ich, dass meine Eltern die Höhle im Pfeifenstrauch (oder was auch immer es war) nie wirklich entdeckt haben, dass nur ich permanent dieses Gefühl hatte, in einem Roman von Astrid Lindgren gelandet zu sein und natürlich fand ich Auktionen spannend, für mich waren sie aber reiner Spaß, während meine Eltern nach und nach unseren Hausrat zusammenkauften.

Alles in allem kann ich jedoch sagen: So persönlich dieses Buch auch ist und so viel ich bei wiedererweckten Erinnerungen gelacht habe, so sehr ist es doch auch ein Buch für Menschen, die weder uns noch dieses Haus kennen, dafür aber schwedische Idylle lieben und genug Phantasie besitzen, um sich auf all das, was einem begegnet, wenn man in der Einöde Ferien macht, einlassen zu können. Für alle Dabeigewesenen ist es umso mehr ein Schatzkästchen voller Erinnerungen.

Viel Spaß beim Lesen wünscht

Susanne Bloos

alekull

ein skandinavischer bilderbogen

lustige anekdoten, liebliche idyllen und
verschrobene schnurren lustig um ein ferienhaus
gerankt mit süßen früchten für leckermäulige
leser bewachsen, aber auch mit dornen und
stacheln bewehrt und allerlei giftigen essenzen
gewürzt

aufgeschrieben und kommentiert von

lutz bloos

zur einstimmung: wasser, nebel und licht

die nebel tanzten auf dem see, als ich morgens um fünf mühsam aus dem zelt krabbelte (-: der rücken schmerzte). elfen gleich (*hast du schon mal eine gesehen? nein? woher weißt du dann, wie elfen aussehen oder sich bewegen? ts, ts*) drehten sie sich um eine unsichtbare senkrechte achse, kleine tornados, geräuschlos und langsam, mit ausfransenden armen. und kein hauch kräuselte das wasser. erlkönige allesamt, aber die kräuseln nicht. dutzende der kleinen säulen mit hohlem kern schwebten über dem skavenassjö vor der kleinen insel, auf der wir einige tage im zelt lebten. *warum drehen sich die nebel, woher die rotation, der drehimpuls? fast jede bewegung besitzt ihn vom mikro- bis zum makrokosmos-: quarks und leptonen, neutrinos und atome, das ablaufende wasser aus der badewanne, planeten, sonnen und planetensysteme – der drehimpuls im einzelnen gegenstand und im ganzen system - , spiralgalaxien und vielleicht das universum als ganzes).*

träumen und wachen, schlafkörner aus den augen wischen, das kurze spiel schärfer sehen-: brille aufsetzen! und als die nebelfeen sich aufgelöst haben noch vor dem frühstück ins boot und die morgenkühle atmen, mit langsamen schlägen am ufer entlanggleiten, lautlos den spiegel zerschneiden-: ein tiefes glück wie die fahrt mit skiern auf unberührtem neuschneehang, die eigene spur legen und damit die wirklichkeit verändern und neues erschaffen-: die spur ist das gedächtnis an den weg, doch ist sie immer vergänglich. tauwetter oder das *langsame entropische verklingen der zeit. die verfolgung der causae – erstaunlich, wie lange sie das ausgehalten haben - , bifurkationen, wo landen wir? – in der unschärfe. was können wir erkennen? greifen wir doch mit jeder beobachtung verändernd ein, ohne die veränderung je messen zu können. was also ist real? –*: das frühstück vorm zelt, der sitz auf der fast waagerecht übers wasser gewachsenen erle, zum licht gedrängt von den dichten kiefern und fichten auf der insel.

heller wird das nordische licht, wind erwacht, faul, unentschlossen zunächst, legt pausen ein, wird dann zu einer sanften brise, zerstört aber nachhaltig den perfekten spiegel, zerbröselt ihn in tausende prismen, die das licht streuen-: unstrukturiertes geglitzer, lockengekräusel auf dem see. lichtmusik zum frühstück. danach packen wir die sachen ein: zelt, schlafsäcke, luftmatratzen, geschirr und kleidung, fahren zweimal mit beladenen booten die kurze strecke übers wasser, laden sie aus, füllen das auto (immer aufs neue bin ich darüber erstaunt, wie wenig zwei männer für eine jahrelange expedition benötigen und welche mengen an zivilisationsmüll eine frau für ein wochenende braucht) vertäuen die boote in ihren halterungen auf dem autodach. warm scheint die sonne, während wir nach norden starten: das unbekannte dalarna ist unser ziel.

aufbruch nach norden

nach etwa acht stunden fahrt erreichen wir mora am siljansee, wo wir zu kaffee und kuchen einkehren. ein starker wind weht von den bergen zum see, verursacht gänsehaut auf den armen-: das thermometer zeigt herbstliche zwölf grad. nach der pause fahren wir weiter über särna nach idre – das ist eine bayerisch gestaltete skistation, ein ästhetisches monstrum in schwedischer wildmark – zum grövelsjö, einem kleinen see, höchstens acht kilometer lang und eineinhalb breit, einem fjord ähnlich, in 800 meter höhe zwischen zwei fjällrücken.

hier ist sturm aus dem wind geworden, dessen kälte durch kleider und haut direkt auf die knochen zu blasen scheint. ich, vom sturm fast verblasen und staunend auf die meterhohe brandung blickend, will dem wetter trotzen und das zelt aufbauen, kehre den kernigen nordlandfahrer heraus, der ich nicht bin, verweise auf andere zelte, die trotz des sturms unversehrt stehen. doch heike weigert sich vehement, will im hotel übernachten, setzt sich durch. das thermometer zeigt nur zwei grad über null-: skandinavischer sommer. *von hier startete vor 100.000 jahren die gletscher- und eisrallye, zog sich in diese gefilde vor nur 10.000 jahren zurück, wird auch von hier wieder ausgehen – brrr! das eis hinterließ rinnen und mulden-: die ostsee, die seen in schweden, norddeutschland und ostpreußen. und wurde alles innerhalb weniger generationen zu lieblicher landschaft, in der manche naturromantiker lyrik ausschwitzen, andere die schönheit der schöpfung preisen. ist aber nischt weiter als stangenholz, plantagen-: anthropogen!* nachträglich werde ich froh sein, nachgegeben zu haben, werd's aber heike nie eingestehen. am nächsten morgen fetzen schneefahnen übers fjäll-: so macht sommerurlaub spaß.

beim aufstieg zum fjäll in einer guten trittspur, die die stiefel vieler wanderer gelegt hatten, lässt der sturm nach, die luft wird sofort wärmer, erreicht bis zum nachmittag angenehme 13 grad. ich verfalle sofort in seinen zügigen bergsteigerschritt, muss jedoch alle drei minuten stehen bleiben, weil heike irgendein ihr unbekanntes pflänzchen am boden entdeckt hat, das fotografiert werden muss - eine

13

sehr umständliche prozedur: handschuhe ausziehen, rucksack abnehmen, fotoapparat herausholen, das richtige objektiv auswählen, die schärfe exakt einstellen und auf das richtige licht warten, denn die verhältnisse wechseln sehr schnell. bei jeder pflanzenfotopause quengele ich, da mir fast die nerven durchgehen: „beim steigen mußt du zügig gehen, sonst kommst du nie in einen vernünftigen rhythmus, sondern aus der puste."

„hetz mich nicht", bremst heike, „vielleicht sehe ich das nie wieder, und dann will ich wenigstens die aufnahmen haben." (sie sollten in irgendeiner kiste zusammen mit tausenden von dias und negativen verschwinden und nie wieder betrachtet werden.)

„quatsch", brumme ich gereizt, „den kram findest du auf jedem fjäll."

das war natürlich falsch, wie sich später erweisen sollte, denn die pflanzenwelt zeigt sich auf jedem fjäll anders, auch wenn immer zwergbirken von wenigen dezimetern größe und hundert jahren alter wie ein bodendeckendes kraut ein wesentlicher bestandteil sind.

am fuluälv

nach zwei tagen im fjäll gibt es eine ganz andere überraschung an der straßenbrücke von mörkret, wo wir unser zelt neben drei anderen aufgeschlagen haben, um den fuluälv abwärts zu paddeln. der bach führt nur wenig wasser, scheint aber befahrbar. heiß ist es geworden wie an der costa del sol im august, die luft steht und flimmert über dem heißen boden. der fluß hat seine tücken: mal ist er tief und ruhig wie ein see, verläuft sich aber danach sofort wie hänsel und gretel im geröll, so dass wir die boote an der bugleine über die steine ziehen müssen. für boote und füße ist das eine äußerst unangenehme art der fortbewegung: mein boot wäre ein paar tage später fast gesunken, als es bei einer längeren tour auf dem romsdalsfjord durch ein leck am bug wasser nahm. nach vier stunden quälerei und nur 10 kilometern strecke geben wir auf, legen die boote an den rand der parallel zum bach führenden schotterpiste, auf der wir zum zelt zurücklaufen, durstig, zermürbt von sonne und hitze. zwei stunden gehen wir bis zum zelt, vielleicht schon etwas dehydriert, dann können wir mit dem auto die boote holen.

am folgenden morgen gegen sechs uhr entschädige ich heike und mich selbst mit einem großen teller walderdbeeren, die ich in der nähe des zeltes in der morgensonne hatte leuchten sehen. heike, die über dieses geschenk fast außer sich ist vor freude, weil ihr nie jemand ein ähnliches präsent gemacht hatte, herzt und knutscht mich, bis mir die luft fast wegbleibt. anschließend verspeisen wir gemeinsam mit großem genuss die köstlichkeit. gegen mittag beginnen wir einen spaziergang zu schwedens höchstem wasserfall, der ganz in der nähe als große sehenswürdigkeit ausgeschildert ist. was wir aber auf dem weg sehen, wurde noch im 19. jahrhundert als attraktion gegen eintritt auf jahrmärkten gezeigt.

zwar zeigt sich der auf allen landkarten schwedens als naturwunder vermerkte wasserphall als aus über 90 meter höhe tröpfelndes geriesel, das sich durch dicke algen- und flechtenbärte seinen weg nach unten kämpfte, spendet auch keine kühlung wie richtige erwachsene wasserfälle es tun, doch erheiterung und ermunterung kommt von anderer seite. weil es wochenende ist, schnaufen scharen von schweden, die ihre heimat erforschen, den weg durch die schlucht zum wasserphall und seinem mickerigen tosbecken. wegen der hitze haben viele frauen ihre oberbekleidung, also röcke und blusen, ausgezogen und ihren männern zur weiteren beförderung übergeben, die ihre korrekte freizeitkleidung mit gleicher würde tragen wie die textilien ihrer frauen. es wogt und wabbelt in rosa und weiße kaufhauswäsche gezwängt in mehreren ringen um körpergegenden, die bei handelsüblicher figur taille heißen. da wallen überquellend monumentale brüste in und über geschnürten korsetts und büstenhaltern (anstrengender beruf!), so dass der cholesterinspiegel des betrachters allein vom sehen gefährlich zu steigen droht. ein wohlstandsvolk auf der promenade, doch die damen zeigen mehr als nur ihr teuer angefressenes fett-: ungebrochenes selbstbewußtsein und eine unbefangen-positive haltung zu den leib gewordenen fettmassen. an die ästhetische horrorschau sollten wir uns immer wieder in einer mischung aus belustigung, spott und gespielter anwiderung erinnern.

schönwetter in norwegen

von mörkret nach andalsnes in norwegen. unterwegs überall kleine und große firnflecken an den hängen von rondane im süden und dovrefjell im norden-: kontrastland. und norwegen zeigte sich beständig von seiner besten seite: jeden zweiten tag regnete es nicht. sonst stürzten unvorstellbare fluten aus den wolken. bei einer kajakfahrt auf dem romsdalsfjord war der himmel zwar bedeckt, doch merkwürdigerweise blieb es trocken. eine kräftige brise kam auf, blies quer zur langen dünung, die von der nordsee in den fjord lief, und modellierte unangenehme kreuzseen. da ich nur die anfänge des paddelns beherrschte, hatte ich große probleme, nicht zu kentern, hatte richtige angst, denn an land hätte ich nirgends gehen können. wir kehrten vorsichtig um. ich bemerkte zuerst erstaunt, dann mit wachsender beklemmung, dass mir wasser ums gesäß spülte: das boot hatte ein leck! eine folge der steinigung auf dem fuluälv. doch der eindruck der grandiosen landschaft überwog die angst-: senkrechte felswände, hunderte von metern hoch, und keine kletterbare route zu erkennen, auch kein platz, von dem aus man hätte beginnen können. abends gegen sechs schnürten wir vorm zelt die wanderstiefel und gingen in richtung romsdalshorn bergauf. ein bauer sammelte mit seinem trecker und einer frontgabel steine von einem neu angelegten feld. am rand schüttete er sie zu einem gewaltigen haufen auf, doch die kleinen kiesel von weniger als 10 zentimeter größe würde er mit der hand aufsammeln müssen, eine unglaublich mühevolle arbeit auch bei einem kleinen feld von vielleicht einem drittel hektar fläche.

die wildnis war echte wildnis, von menschen nicht bearbeitet: bäume und büsche durcheinander, graspolster, steine, wasserlöcher. der weg kaum eine trittspur. heike, die anders als ich unberührte natur noch nicht kannte, schwitze schwärmerische romantik aus (das fräulein stand am meere...), wurde dann jäh gestoppt: ein den hang hinabrauschender bach, dessen bett den weg unterbrach, wurde zum unüberwindlichen hindernis, obwohl zwei große trittsteine im schrittab-

17

stand fast eine brücke bildeten. während ich leichtfüßig darüberhüpfte, bockte sie wie ein störrisches pferd, verweigerte das hindernis. nach langem vergeblichem zureden, wiederholtem hin- und herhüpfen konnte ich nur noch den vorschlag machen, den rückzug anzutreten. um zehn uhr kamen wir am zelt an, bereits um zwölf rauschte die norwegische sintflut vom himmel.

auch am brigsdalsbreen regnete es glücklicherweise nur nachts. der anblick dieses 1300 meter hohen eisfalls ließ mich verstummen, während heike ihren gefühlen vollen ausdruck gab: „laß uns hingehen und das eis anfassen", bat sie, als ob sie nicht wüßte, wie eis sich anfühlt. ich suchte mit den augen nach einer möglichen route durch den zerrissenen eisbruch und hatte für ihren mir abartig erscheinenden wunsch überhaupt kein verständnis, stimmte aber zu: „gut, gut, gehen wir mal zum gletschertor. aber... sieh mal, wenn man links einsteigt, schräg nach rechts aufsteigt..." – und zeigte einen imaginären weg, den ich für kletterbar hielt. steigeisen, pickel, schrauben, schlingen, nichts hatte ich mitgenommen, hatte auch nicht geahnt, dass sich so eindrucksvolle eisbrüche hier herumtrieben. die randmoräne des kleinen gletschersees bestand aus einem gemisch von schluff und wasser, das uns fast die schuhe ausgezogen hätte, doch wir erreichten das eis – „kuck mal die farben", schwärmte heike und berührte es wie den glückbringenden buckel eines verwachsenen liliputaners.

am tag darauf wollte heike unbedingt auf die riesige eisfläche des jostedalsbreen. „son quatsch", brummelte ich, „da kannst du doch nur eine riesige schneefläche sehen." „genau das will ich, will sehen, wie es da oben aussieht." sie ließ nicht locker, quengelte und prammelte, bis ich nachgab, die karte konsultierte und auf ihr einen weg nach oben fand, vorbei am kenndalsbreen, einer benachbarten gletscherzunge. wir fuhren die paar kilometer bis zum wegbeginn mit dem auto, stellten es an einem bauernhof ab, überstiegen ein gatter und hatten sofort das erste zeitraubende problem: eine ziegenherde, die uns beide in die mitte nahm. während ich mich nach einigen minuten befreien konnte und das gehege verließ, war heike gefangen. ziegen bedrängten sie von allen seiten, leckten ihren durchgeschwitzten overall ab (schweiß & tränen?), so dass sie sich nicht bewegen konnte. es dauerte wohl eine viertelstunde, bis sie sich aus der herde befreien und das gatter überklettern konnte.

noch einmal die karte befragen: hier muss der weg nach oben führen. also den steilhang hoch, bewachsen mit weidengestrüpp, langem gras und toten bäumen. es ging mühselig langsam, kraftraubend. für 300 meter brauchten wir wohl zwei stunden, bis wir über eine schulter in flacheres wiesengelände gelangten. und dort fanden wir den weg: wir waren 50 bis 80 meter neben dem bequemen pfad gegangen. der rest war einfach. nach tausend metern aufstieg blickten wir auf den senkrechten felsabbruch, über den der gletscher sein eis schiebt. etwa alle fünf minuten fiel ein eisbrocken donnernd in die tiefe, zerbarst, und baute unten eine neue zunge auf. das beeindruckte sogar mich. heike wollte, obwohl es schon nachmittag war, weiter durch ein mit grobem blockwerk gefülltes kar zur eiskante gehen. „das dauert doch höchstens eine stunde." doch ich, das terrain überblickend, wurde energisch: „ich würde dafür wahrscheinlich zwei stunden brauchen, und du die doppelte zeit. du hast doch probleme mit steinen, denk an den bach im romsdal." heike maulte gewinnend, doch ich blieb hart. wir stiegen ab, und als wir das zelt erreichten, begann es erneut zu regnen. kein wunder, dass bäche von wenigen kilometern länge so viel wasser führen wie veritable mitteleuropäische ströme.

am trollstig hatte heike, die seit über zwanzig jahren kajak fuhr, ein schlüsselerlebnis. ein bach, der sich träge auf der hochfläche lümmelte, fällt dort ohne übergang hunderte von metern senkrecht ab, hat natürlich sehr viel mehr wasser als schwedens höchster wasserfall. wenige meter vor dem abbruch führte ein steg auf einer kleinen holzbrücke den wanderer ans andere ufer. wir standen etwas oberhalb der brücke; ich sinnierte: „wenn du hier mit dem boot unterwegs bist, hast du keine chance." heike, verärgert: „natürlich kann man das rechtzeitig hören. wir hören doch jedes wehr auf einem heidebach mindestens hundert meter vorher."

ich antwortete mit bösartig liebenswürdigem unterton: „das ist doch kein wehr in einem heidebach. das ist ein hoher wasserphall, und schon aus physikalischen gründen kannst du den lärm aus hundert meter tiefe oben an der kante nicht hören. so arglos wie du bist, würdest du einfach über die kante fahren."

heike hielt dagegen: „natürlich kann man das hören. los, komm mit, wir gehen ran, dann hörst dus selbst." ich lächelte still in mich und meinen bart hinein während wir uns dem abbruch näherten. nichts zu hören. auf dem steg, fünf meter vor der kante: stille. also auf dem flachen wiesenufer noch näher ran an die gefährliche kante, zwei

19

meter, einen meter, das vorschiff eines kajaks stünde schon in der luft, und doch ist nichts zu hören vom wasserphall, und auch dem wasser ist nicht anzusehen, dass es nach einem meter in die tiefe stürzen wird. erst als wir uns vorbeugten, bangend, nicht auszurutschen, konnten wir das rauschen des wassers in der tiefe hören. dieses erlebnis machte heike nachdenklich und flößte ihr respekt vor wasserfällen ein.

ein erlebnis aus aalesund, wo waagerechter nieselregen fiel, was eigentlich unmöglich ist, aber der nieselregen wusste das nicht und machte es trotzdem, muss noch berichtet werden, weil, wenn ich davon berichte, es immer eine andere fassung von heike gratis dazu gibt. in einem schnellimbiss hatte sich ein junger mann im troyer ein riesenstück sahnetorte auf einen teller gelegt und anschließend mit dem jungen mädchen hinter dem buffet gesprochen, die ihm kurz darauf ein spiegelei auf die torte legte: ein schönes beispiel nordischer esskultur, zu der auch gehört, dass man sich dick honig auf ein käsebrot mit fisch streicht. probiers mal, geneigter leser.

heikes eindrücke von skandinavien waren so stark, dass sie insgeheim schon hier auf den wunsch verzichtete, ein haus in der toskana kaufen zu wollen. skandinavische urwüchsigkeit gegen mediterrane kultur, sahnetorte und spiegelei gegen kaninchen an gorgonzolasauce. was ist schon die beschauliche atmosphäre im kafenion am hafen von nauplia – außerhalb der touristensaison natürlich, wenn sich auch die haie nicht blicken lassen – bei mokka und retsina (*mekka und medina? – des walte kattenhorns pferd!*) gegen das rastlos pulsierende leben in einem schwedischen *kafe*, in dem die bedienung sich wie eine rennschnecke bewegt, wenn es denn überhaupt eine gibt. dort werden gäste als äußerst störend empfunden. deswegen muss man schon dankbar sein, wenn am buffet kuchen vorhanden und der herzschonend dünne kaffee heiß und nicht allzu lange abgestanden ist. natürlich darf man sich alles selbst holen, wird auch gebeten, sofort zu bezahlen. als ausgleich darf man sich seine tasse mehrfach nachfüllen, was entweder gar nichts oder eine krone kostet. doch bei dem kaffee sollte man eigentlich geld dazu bekommen, wenn man ihn trinkt.

so hart und abweisend das land sich zuweilen dem besucher zeigt, so angenehm verhalten sich die menschen, wenn sie vertrauen zum eindringenden fremden gefaßt haben: zurückhaltend zwar, doch gradlinig und ehrlich. neugierige offenheit statt misstrauen, aber kein überschwang. aufgefallen waren uns zwei phänotypen des homo skandinaviensis: hochgewachsene, lanzokephale wikinger einerseits, knollig-kleine, oft kartoffelnasige trolle andererseits. gewiß, es zeigen sich auch mischformen, wie denn auch sonst?, doch die typen haben sich offenbar über jahrhunderte gehalten und mendeln wohl auch wieder aus.

familienurlaub

zwei jahre darauf – meine erste frau war gestorben – fuhren wir mit meinen beiden töchtern tina und susi, zelten und booten an den småländischen helgasjö in der nähe eines kanuverleihs, mit dessen besitzern – deutschen emigranten – wir befreundet waren, und verbrachten trotz des kühlen regnerischen wetters einen insgesamt gelungenen urlaub. ich erhaschte die aufgabe, weil ich körperlich noch kräftig war, mit beiden töchtern im kanadier zu fahren, in dem ich, der ich bisher immer nur vorne mit dem stechpaddel das wasser umgerührt hatte, nun hinten zu sitzen und für den kurs verantwortlich zu sein hatte. heike um eine schulung bittend erhielt ich die eindeutige und pädagogisch wertvolle antwort: „wenn du das paddel so drehst, fährt das boot nach links, wenn du es so drehst, nach rechts." pause. „oder auch anders. das mußt du schon selbst herausfinden." ich protestierte zwar, erwähnte wieder einmal die unvermeidliche weiblich logik, drohte auch, diese anleitung in mein geplantes epochales werk über diese art menschlicher gehirnfehlfunktionen aufzunehmen, lernte es aber trotzdem.

natürlich gab es auch reichlich spannungen: tina, die gerne auch im kajak paddeln lernen wollte – im kanadier paddelte sie von anfang an gut – kreischte im boot wie der homerische sirenenchor (*doch ichodysseus hatte weder wachs noch oropax*) als etwas wind aufkam und sie sich unsicher fühlte. wasservögel ergriffen laut schimpfend die flucht, und fische waren lange an dieser stelle nicht zu sehen. topographisch bedingt kam der wind immer nach einer kleinen schärenkette, die noch heute „die kreischinseln" genannt wird. susi, immerhin schon sieben jahre alt, wollte zwar unbedingt schwimmen können, weigerte sich aber energisch, tiefer als bis zu den knien ins wasser zu gehen. als heike sie unter den arm klemmte und ins tiefere wasser schleppte, brüllte sie so herzzerreißend, dass jeder zuhörer an kindesmisshandlung geglaubt hätte. später wurde sie trotz dieses traumatischen erlebnisses eine wasserratte und exzellente schwimmerin. lernen macht eben nicht immer spaß, die anwendung des gelernten oft um so mehr.

zwei jahre danach erkundeten wir vier schweden bis zur höga kusten am mittleren bottenbusen. ich konnte seit dem winter zunehmend schlechter laufen, hinkte mit einem bein, konnte den rechten fuß nicht richtig heben, stolperte oft; hatte keine vorstellung von dem, was mich, den ausdauernden wanderer und bergsteiger, behinderte und ärgerte. erst im winter sollte die diagnose gestellt werden: multiple sklerose, die der neurologe des krankenhauses, ein offenkundig mehr als konfliktscheuer mensch, mir korrekt als enzephalomyelitis disseminata erklärte, womit ich nichts anfangen konnte. der groll auf diesen feigling währte jahre. wir besuchten auch achim und barbara, die den kanuverleih am helgasjö betrieben. die redeten uns zu, uns nach einem haus in kronobergs län umzusehen, da wir diese landschaft ebenso gern mochten wie sie selbst. da wir ohnehin vorhatten, öfter in dieser gegend urlaub zu machen, wir auch die politischen verhältnisse in deutschland sehr negativ einschätzten, fuhren wir mutig trotz unserer immer noch minimalen sprachkenntnisse nach växjö, inspizierten neugierig das schaufenster einer makelei (fastighetsförmedlingen; das wort mussten wir lange üben, bis wir es so aussprechen konnten, dass die eingeborenen ahnten, was wir meinten), traten zögernd ein und versuchten auf englisch zu erklären, dass wir uns häuser ansehen wollten. da trat – den deus ex machina gibt's manchmal wirklich – ein freundlich bebärteter herr aus dem hinterzimmer und sprach uns an: „mit mir können sie ruhig deutsch reden, mein name ist knackstedt. ich komme aus hamburg." ob des namens bekam meine liebe heike einen nicht zu enden scheinenden lachanfall, der so lange dauerte, dass es mir anfing peinlich zu werden, denn schließlich hatte doch der nette hilfsbereite hamburger keine schuld an seinem namen. endlich war dann doch eine erste besprechung möglich, ohne dass erwin knackstedt fassung und lächeln verlor. wir konkretisierten unseren wunsch und verließen nach einer halben stunde das büro, in der tasche vier adressen von häusern in der umgebung. um sie zu besichtigen, fuhren wir in den nächsten tagen mehr als 1500 kilometer, fanden aber kein haus, das alle vier besitzen wollten, denn einstimmigkeit war conditio sine qua non, wobei heike in einem fall ihr vetorecht glücklicherweise nachdrücklich einsetzte.

im november kam der anruf des maklers: „ich habe drei häuser mit scheune und etwas land für sie gefunden. sie können hinfahren und besichtigen." wir fuhren allein, übernachteten im altbackenen hotel

im älmhult, in dem wir als einzige gäste im aufenthaltsraum mit ver-
schlissenen, museumswürdigen polstermöbeln die erste bekannt-
schaft mit dem schwedischen fernsehen machten-: schwarzwaldkli-
nik im deutschen original mit schwedischen untertiteln: deutscher
kulturexport! wozu dann noch goethe-institute? am nächsten tag be-
sichtigten wir bei schrägem nieselregen das erste der drei angebote-
nen häuser, stapften durch unterholz und gestrüpp, durch wasserlöcher und über herumliegende felsen die grundstücksgrenze ab, was
mehr als zwanzig minuten dauerte und den anwesenden verkäufer,
der ebenso wie der schwedische makler den in schweden extrem
seltenen namen svensson trug, sehr verwunderte. später sollten wir
vom nachbarn, der zwei kilometer entfernt wohnt und ebenfalls
svensson heißt, erfahren, dass auch der vorvorbesitzer, der einige
jahre zuvor hochbetagt gestorben war, ebenfalls auf den namen
svensson gehört hatte. weil offenbar die meisten schweden den gleichen namen haben, ist es sehr praktisch, dass man sich generell nur
mit dem vornamen anredet. am nachmittag unterschrieben wir beim
makler, der auch die funktion des notars wahrnahm, den vertrag und
waren damit, wenn nicht die kommune oder ein nachbar das vor-
kaufsrecht ausübten, besitzer eines hauses, der zwanzig meter langen scheune sowie einiger hektar schweden.
doch der verkäufer sigvart svensson begann bereits wenige tage
nach der rechtsgültigen unterschrift, den vertrag zu bereuen, weil er
offenkundig der meinung war, zu billig verkauft zu haben. er bombar-
dierte uns mit mehreren, für uns völlig unverständlichen briefen, die
offenbar schlimme drohungen enthielten, denn sie waren mit ausru-
fungszeichen gespickt. erwin knackstedt half uns bei der deutung der
schriftzeichen, meinte, wir sollten die briefe nicht zur kenntnis nehmen, vor allem die rechnung des landvermessers nicht, den sigvart
bestellt hatte, um eine winzige parzelle von 4500 quadratmetern um
das haus abtrennen zu lassen. gespickt war das schreiben mit allerlei drohungen und offenbar wüsten beschimpfungen. dass er auch
stundenlang mit sven, dem nachbarn telefonierte, um ihm den übrigen grundstücksanteil – wald und mark – aufzuschwatzen, erfuhren
wir erst später, mit der süffisanten zusatzbemerkung, der sei nicht
ganz richtig im kopf. er war wohl wirklich etwas verwirrt. doch haus
und grundstück war er los. dass er trotz allen jammerns und klagens
einen guten schnitt gemacht hatte, erklärte uns später sven, als wir
freunde geworden waren.

die eroberung des hauses

wenn eine ehe über mehrere jahre kinderlos bleibt und sich ungelöste spannungen zwischen den partnern aufgebaut haben, wirkt ein erstes kind als neue verbindung und stabilisiert den labilen zustand für einige jahre, verkleistert probleme und gegensätze, gleichgültig, ob das kind mit medizynischer hilfe selbst produziert oder adoptiert wurde. treten nach jahren die alten spannungen erneut auf, kann ein zweites kind als neuer kitt angeschafft werden, der erneut für einige jahre hält. als drittes hat sich der bau eines eigenheimes als endgültiges mittel bewährt, das vor allem wegen der finanziellen verpflichtungen ein nahezu unlösbares band ist. erst unerträgliche unvereinbarkeiten führen dazu, dass trotz zweier kinder und eines hauses die partnerschaft zerbricht. das ist natürlich kein naturgesetz, doch sind viele ehen diesem bewährten muster gefolgt.
für heike und mich bestand deswegen keine gefahr, denn wir hatten beide eine ehe erfolglos absolviert, sieht man von meinen töchtern ab. das haus, das du, verehrter leser und geneigte leserin, jetzt kennenlernen sollst, hatte nicht die funktion, das band zwischen uns zu stärken, sondern sollte ein komfortabler ersatz für das zelt sein, denn mit den jahren zwackte es bei mir hier und da, was durch den engen raum und und die zum krabbeln zwingende höhe des zeltes heftig verstärkt wurde. es war also nur der manifestierte ausdruck unserer bequemlichkeit.
der sprung aus einem winzigen expeditionszelt in ein schwedisches bauernhaus ist, auch wenn das haus mit gut hundert quadratmetern für skandinavische verhältnisse winzig ist, gewaltig, zumal es fließendes wasser und ein wc im haus gab, ein komfort, der die mühe erspart, im sommer zwischen mücken, wespen und spinnen auf dem klassischen plumpsklo mit zwei nebeneinander angeordneten öffnungen seine notdurft verrichten zu müssen, sich aber im winter gesäß und geschlechtsteile abzufrieren. doch auch ein solches haus will von neuen besitzern erobert werden, wehrt sich gegen sie mit allerlei tricks. für uns wurde die eroberung dieses sperrigen hauses zu einer

25

andauernden abenteuergeschichte, die nicht nur heitere seiten hatte. vor der eroberung stand jedoch die anreise, die sich dank meiner überragenden fähigkeiten als orientierungsspezialist und meiner hochentwickelten einfühlsamkeit zu einer kleinen katastrophe auswuchs, denn heike hatte bis zur letzten minute geschuftet und war so müde, dass sie kaum am steuer wach bleiben konnte. wir fuhren mit zwei autos, beiden töchtern und deren freundinnen sowie booten auf den dächern. ich bin kartenfan und geübt im umrechnen von entfernungen auf reisezeiten, hatte also zielsicher den längsten und anstrengendsten weg ausgesucht: über den großen belt, roskilde und kopenhagen, helsingör und helsingborg, weil, wie ich vermutete, die vogelfluglinie hoffnungslos verstopft sein würde und wir wegen des bis zuletzt ungewissen abfahrttermins nicht hatten im voraus buchen können. für heike wurde die reise wegen ihrer erschöpfung, übermüdung und starker kopfschmerzen zum horrortrip.

bis zur fähre über den großen belt wurde die fahrt durch starken wind und regen heftig erschwert, teilweise krochen wir, um vom wind nicht von der autobahn gepustet zu werden, als lkw-bremse auf der rechten fahrspur. vor der fähre über den belt machten wir an einer raststätte pause, tranken kaffee, aßen dänisches gebäck und fuhren gestärkt die wenigen kilometer zum fährhafen. dort hielt heike, kramte verzweifelnd in ihren sachen, während ich nervös auf meinem fahrersitz rutschend mich fragte, was denn nun schon wieder los sei.

dann stieg heike aus ihrem auto aus, kam zu mir und berichtete völlig aufgelöst und käsebleich, sie habe ihre handtasche in der raststätte liegenlassen-: diese enthielt nicht nur alle papiere, sondern auch schecks, scheckkarten und rund 8000 mark in bar, die wir zur möblierung des leeren hauses vorgesehen hatten.

jetzt setzte ich mich an die spitze, drehte von der zufahrt in die ausfahrt des anlegers, raste zur nächsten anschlußstelle, wechselte vorschriftsmäßig die richtung und fuhr, heikes wagen hinter mir immer im rückspiegel beobachtend zur raststätte. auf die frage, ob man eine handtasche gefunden habe, antwortete die bedienung, ja, die habe man sofort beim abräumen des tisches gesichert. heikes erleichterte bemerkung, sie hätte ja auch gestohlen sein können, wurde von einem dänischen gast empört kommentiert, man sei hier nicht auf sizilien, sondern in dänemark. die unternehmungen der mogensbande waren in deutschland noch nicht bekannt.

tasche samt inhalt waren wieder da, heikes knie weich, ihre fähigkeit zu fahren noch weiter reduziert, die fähre abgefahren. eine stunde verspätung. der dichte verkehr um kopenhagen kostete weitere zeit, in helsingör entschied ich mich zielsicher für die falsche fähre, auf die sehr umständlich und mit dänischer gelassenheit auch ein güterzug rangiert wurde, so dass wir nach zwölf stunden entnervender reise schwedischen boden erst in der dämmerung betraten. bei dunkelheit und regen verlor ich, vorausfahrend, heike mehrmals, weil sie, die streng genommen nicht mehr fahrtüchtig war, immer langsamer fuhr. mehrfach hielt ich an, wartete mit zunehmender sorge auf sie.

um mitternacht erreichten wir die gegend, in der das haus stehen musste, das allerdings schon einen abwehrschlachtplan ausgearbeitet hatte. wir fanden zwar den waldweg, an dem es liegt, fuhren auch hinein, doch kein haus war zu finden-: nur triefend nasse fichten und kiefern, die den weg zu einem tunnel machten. also hielt ich an, jetzt ebenfalls mit den nerven am ende, beriet mich mit heike. wir drehten um, da ein großer holzplatz eine gute möglichkeit dazu bot, machten uns erneut auf die suche nach dem verdammten haus, fuhren dann doch den weg über den holzplatz hinaus und fanden unser haus, das unschuldig in regen und nacht auf seinem winzigen hügel stand.

das haus aber wollte nichts von seinen neuen besitzern wissen: die schlüssel, die in der scheune auf einem balken hinterlegt waren, passten keineswegs. wenn man nachts um halb eins nicht ins eigene haus gelangt, der nieselregen in die kleidung dringt, dann kommt wut auf gegen das vedammte haus-: ich brach die tür mit dem autowerkzeug auf. das haus hatte die erste runde verloren, setzte den nervenkrieg jedoch unverdrossen fort, denn es war leer, ohne möbel, ohne tisch oder stuhl, bett oder schrank. es dauerte mehr als eine stunde, bis wir beide autos entladen, die campingmöbel aufgestellt, die luftmatratzen, deren eine in der folgenden nacht bösartigerweise den größten teil der luft verlor, aufgeblasen und ein paar scheiben brot gegen den hunger und den frust hinuntergewürgt hatten. es war kühl und ungemütlich und ich konnte mir nicht vorstellen, dass dieser widerwärtige bau meine zweite heimat werden sollte.

der nächste morgen versöhnte mit weißen wölkchen am blauen himmel, sonnenschein, milder luft und dem unvergleichlichen skandinavischen licht. eine genaue inspektion von haus und scheune förderte dann doch einen wackligen tisch und einige gegenstände zutage, auf denen wir sitzen konnten. zu melkerschemel und fußbank kamen dann noch imkerwerkzeuge, stapel von bienenwaben, sowie in der scheune eine dreschmaschine, für die wir aber keine verwendung hatten. 19 jahre später stehen die reste noch immer im ehemaligen stall, der jetzigen werkstatt, und behindern die freie entfaltung meiner restbeweglichkeit.

vor dem mittagessen musste zuerst die asche aus dem küchenherd genommen werden: er war bis obenhin voll, weigerte sich zunächst, seinen dienst zu versehen, nahm dann aber doch protest qualmend seine arbeit auf. in den wochen dieses urlaubs fuhren wir mindestens 5000 kilometer, um alte möbel – sieben mark für einen stuhl – werkzeuge, nägel, fensterkitt, farben und pinsel einzukaufen. hierbei erwies sich meine weltgewandtheit und sprachkunde als besonders hilfreich: weil axt und säge erforderlich waren um holz für den herd zu zerkleinern, fragte ich bei einer der fahrten in växjö mehrere passanten, wo man denn isenkram kaufen könne. schulterzucken. verdammt, isenkram war doch dänisch, und die schweden verstanden doch nach landläufiger meinung ihre nachbarn problemlos deren sprache. denkste! järnbolaget heißt der eisenwarenhandel auf schwedisch. was haben die auch für komische wörter, die man weder mit althochdeutsch- noch dänischkenntnissen ableiten kann. fazit: lieber leser, wenn du ein altes haus kaufst, stell dich auf alles ein, was schief gehen kann. es geht mit sicherheit schief.

während wir mit den notwendigsten renovierungsarbeiten begannen – die fenster mussten dringend neu gestrichen werden, scheiben in der scheune waren zu ersetzen, die eingangstüren mussten abgebeizt und neu gestrichen werden – entwickelte heike umbaupläne-: „kuck mal, wenn wir diese wand rausnehmen – geht ja ganz einfach mit der kettensäge – dann haben wir ein gaaanz großes zimmer und nicht zwei so kleine löcher. das ist doch viel schöner, nicht? und die möbel kann man ja auch ganz anders stellen." hinterhältig-diplomatisch widersprach ich nicht: „laß uns erst mal das notwendige machen, dann sehen wir weiter." außerdem kauften wir tisch und stühle beim althöker und auf auktionen, im folgenden jahr auch unsere prunkmöbel: tisch, zwei lehnstühle und zwei stühle, anrichte und schrank in stockholmer barock von 1905 mit schnitzereien und gedrechselten beinen und säulchen. weil zum gesamten ensemble noch mindestens zwei stühle gehörten, bezahlten wir für die sachen einen preis, der etwa dem holzwert entsprach. für ein ferienhaus waren die möbel eigentlich total unpassend und wirken wie ein stilbruch.

einen vorläufigen höhepunkt der heimtücke erlebten wir allerdings erst im kommenden jahr, als wir allein im haus waren-: da bekam die toilette verstopfung. zunächst floss das wasser nur langsam ab, doch dann war offenbar alles zu: die scheiße stand, kein wasser floss, rien ne va plus. in der stadt ist das eine einfache sache, man ruft den klempner an, der kommt und beseitigt den pfropf. aber in einem einsam im walde stehenden haus, in einem land von dessen sprache du noch nicht einmal weißt, wie die wörter „sense", „schraube", „wasserwaage" oder „zollstock", „abfluss" oder „geruchsknie" zu übersetzen sind, kann eine solche situation zu einem riesenproblem werden. also versuchte ich, den schaden selbst zu bereinigen, suchte und fand im gerümpel in der scheune einen geeigneten draht, mit dem ich vorsichtig durchs geruchsknie hindurch in den abfluss vordrang, den draht drehend und hin und her stochernd. nach wenigen minuten erfüllte mich der erfolg mit stolz: mit einem satten schmatzen und einem nachfolgenden gurgeln entleerte sich die toilette in die grube.
doch nach nur wenigen spülungen hatte sich das tückische rohr wieder zugesetzt. also stocherte ich erneut, verbissen und entschlossen, die sache radikal anzugehen. ich puhlte und wühlte in der brühe, bis sie langsam abfloss, löste das wasserrohr vom kasten, der mit dem becken eine einheit bildet, drehte die schrauben aus dem holzfußboden und nahm das becken vorsichtig heraus, um direkt ins abflussrohr eindringen zu können. heike, mit anderen dingen eigentlich ausgelastet, kam herbei, entwickelte urplötzlich hausfrauliche instinkte und putzte auf dem betonklotz vor dem giebeleingang, der als zweistufiger aufgang diente, den gesamten toilettenstuhl.
keiner von uns achtete auf den stand des gerätes, so dass die erste katastrophe ihren lauf nehmen konnte: ein sanfter luftzug, ein winzigkleines häuchlein von einer brise, bewegte die geöffnete tür, die gaaaanz sacht gegen den auf dem sockel stehenden klostuhl stieß. dieser hatte sich offenbar unbemerkt und unerlaubt in ein labiles gleichgewicht begeben und kippte jetzt in zeitlupe die beiden stufen hinunter auf den kies. eine genaue optische untersuchung ohne die hilfe technischer apparate ergab, dass der irdene wasserkasten einen haarriss hatte, der ganze kackstuhl also nicht mehr brauchbar war. dass man den wasserkasten abschrauben und ohne das becken durch einen neuen ersetzen kann, bemerkte ich erst ein jahrzehnt später gleichsam nebenbei, doch war das zu dem zeitpunkt nicht mehr wichtig.

es war nicht zu umgehen, sofort einen neuen toilettenstuhl zu kaufen, da heike, großstädterin die sie nun mal war, das plumpsklo neben der scheune nicht benutzen wollte, weil sie eine abscheu davor hatte, die grube später ausheben zu müssen. sie hegte nun mal die vorurteile des homo domesticus technici civilisationis, der zwar die angenehmheiten und bequemlichkeiten der technik nutzen, zugleich aber im einklang mit der natur leben will. jahre später hob sie die grube aus und stellte erstaunt fest, dass der inhalt keinerlei unangenehmen oder gar ekelhaften geruch entwickelt, möglicherweise deswegen, weil nach jedem stuhlgang eine handvoll torf über die exkremente gestreut wurde, was über jahre zu einem exzellenten produkt zur bodenverbesserung geführt hatte. auslöser war der pfingstbesuch von 20 mitgliedern unseres kanuclubs, die, weil der brunnen kaum wasser hatte, sich nicht nur im see wuschen, sondern auch konsequent das trockenklo benutzten.

ein neuer toilettenstuhl also. während ich sofort zum einzig uns bekannten eisenwarenladen in vislanda fahren und einen neuen toilettenstuhl kaufen wollte –„die sind genormt, da gibt es keine unterschiede" - ‚bestand heike hartnäckig darauf, den defekten stuhl mitzunehmen, da die gefahr bestünde, dass bei einem anderen modell die anschlüsse nicht passten, was angesichts des schmalen raumes, den ich später mit 62,5 cm breite vermessen sollte, wirklich angebracht war. nach kurzer debatte gab ich nach, stellte später fest, dass das alte sprichwort „der klügere gibt nach, deshalb bestimmen die dummen, was geschieht" doch keine allgemeingültigkeit beanspruchen kann, sondern auf bereiche wie unternehmensführung und politik beschränkt ist.

im eisenwaren- und maschinenhandel zeigten wir, des schwedischen noch immer nicht mächtig, den defekten toilettenstuhl vor und verstanden recht schnell, dass ein solches gerät nicht zum sortiment gehöre. eine drehbank hätten wir indessen sofort mitnehmen können. der freundliche verkäufer erklärte uns in primitivschwedisch und zeichensprache die lage einer firma im größeren alvesta, in dem so ein stuhl zu finden sei. dort erstanden wir das neue prachtstück. die gesamte aktion hatte etwa drei stunden gedauert, bis wir unser haus wieder erreichten.

der einbau gestalteten sich für mich in dem engen raum besonders schwierig, denn der verdammte anschluss der wasserleitung passte natürlich überhaupt nicht, so dass ich die leitung mehrfach vergewaltigen, also biegen musste. auch konnte ich wegen des knappen raumes an der rückwand die geruchsmanschette nicht komplett über das abflussrohr stülpen, weshalb ich an der rückseite mit dem teppichschneider ein stück herausnehmen musste, so dass immer wieder unerwünschte düfte aufstiegen. später stopfte ich die muffe mit mineralwolle aus und dichtete alles mit silikon ab. das half.

nun war zwar der toilettenstuhl wieder installiert, aber nicht benutzbar, denn die fäkalien standen hartnäckig auch in dem neuen stuhl. also reisten wir wieder 50 km nach alvesta, fanden in der kommuneverwaltung eine nette schwedin, die unser problem verstand und versprach, einen reinigungswagen zu schicken. der stand am nächsten tag vor der tür, ein monstrum mit einem zehnkubikmetertank, denn man weiß ja im wald nie, ob man brauchbares wasser in genügender menge vorfindet. der fahrer legte einen schlauch mit hochdruckdüsen vom wagen zur grube, öffnete den deckel, stopfte den schlauch ins abwasserohr und spülte hingebungsvoll, bis ein großer pfropf mit einem schwall abwasser in die grube schoss. einige probespülungen ergaben-: alles fließt. heraklit sei dank.

doch als wenige tage später mein freund gernot eingetroffen war, floss das spülwasser erneut mit provozierender langsamkeit ab. nach einigen rundumblicken stellte er die zutreffende diagnose: „da haben sich die wurzeln vom ahorn vorm küchenfenster reingewurstelt. die fühlen sich da unheimlich wohl, weil sie ordentlich wasser und nahrung kriegen. da müssen wir wohl das abwasserohr freilegen. fang schon mal an und such wo es liegt", sprachs und verschwand mit heike für etliche stunden in die pilze. die beute war gewaltig: ein großer korb voller steinpilze, die zum abendbrot gegessen werden sollten. doch sie hatten einen bitterling mit einem steinpilz verwechselt. das war wirklich bitter.

nach einer daumenpeilung begann ich mit umfangreichen grabungsarbeiten, benutzte spaten, axt und grabeforke, durchschlug ahornwurzeln, wuchtete steine hoch, schwitzte, fluchte still vor mich hin, weil ich kein publikum hatte, das in mitleidsbezeugungen ausbrechen konnte, wurde von mücken gestochen, hatte aber die tiefe des rohres erreicht als die pilzjäger angeregt plaudernd zurückkehrten. gernot und ich gruben an diesem tag noch ein wenig weiter und verschoben den rest der arbeit, etwa sieben meter graben einen meter tief in einer mit teilweise armdicken wurzeln durchzogenen moräne, auf den kommenden tag.

mitten in der arbeit brach gernot in einen für ihn untypischen, hysterischen kreischanfall aus: „was ist das denn? das ist ja ein wasserrohr. das darf doch hier gar nicht liegen, im gleichen graben wie die kloake. das ist doch verboten!" ich nahm den ausbruch des direktors der wasserwerke nicht so ernst, versuchte, ihn zu beruhigen und erläuterte fast gleichgültig: „mensch, du bist doch hier nicht in hamburg, sondern in schweden auf dem lande. sieh das doch nicht so verbissen. außerdem, was kann denn passieren? wenn das abwasserrohr undicht ist, wie soll denn kloake in das wasserrohr eindringen? ich seh da keine gefahr."

gernot beruhigte sich allmählich wieder und wir gruben weiter, durchschlugen ahornwurzeln, wuchteten steine aus dem graben, schaufelten sand und kies auf die seite. gernot arbeite von oben mit der schweren grabeforke, ich wühlte unten mit axt und spaten, bis gernot einen seiner größten erfolge erlebte: mit der spitze der grabeforke stach er mit voller kraft seiner inzwischen fast 100 kilogramm gewicht (alles reine kraft, nur muskeln und bauch, ehrlich) in das erdverdeckte kunststoffrohr, aus dem sofort ein feiner strahl in die höhe schoss.

trotz der scheißsituation amüsierte ich mich über die verzweiflung meines freundes, dem alle versuche, das leck zu dichten, misslangen. er fuhr los und besorgte im nahen kirchdorf häradsbäck an der tankstelle von claerens mehrere schellen, mit denen wir das loch jedoch nicht schließen konnten. erst der sinologe, der aus berlin ins liberalere schweden emigriert war, häuser renovierte und für uns am und im haus die arbeiten verrichtete, die die fähigkeiten des heimwerkers überschritten, konnte nach einigen tagen mit einer quetschkupplung aus messing die leitung reparieren. außerdem ersetzte er die völlig verwurzelten tonrohre durch ein kunststoffrohr, so dass der ahorn, den ich voller rachegelüste schon fällen und verheizen wollte, seine wurzeln nicht mehr hineinwachsen lassen konnte. er wurde verschont, später aber zunächst mehrfach beschnitten, weil er sich unvorsichtigerweise zu nahe am haus niedergelassen hatte, und schließlich zusammen mit vier weiteren bäumen in der nähe des hauses gefällt, das kaum noch sonne bekam und sein neu gedecktes dach mit einem grünen schleier zu überziehen begann.

eine episode muss ich noch erwähnen, die in diesen tagen geschah: gernot und ich nagelten an irgendeiner sache in der scheune und stellten fest, dass wir 100er nägel benötigten, aber nicht hatten. also baten wir heike:

„besorg doch bitte mal 100er nägel."

„was für nägel?"

„die sind 10 zentimeter lang."

„aha?"

heike düste 30 kilometer nach vislanda und kam nach eineinhalbstunden zurück, abgezählte 10 nägel in der tasche, war ganz stolz und erklärte: „ich habe ein paar mehr gekauft."

als wir uns von der ersten verwunderung erholt hatte, brachen gernot und ich in ein gelächter aus, gegen das das homerische gelächter der olympier allenfalls ein müdes grinsen gewesen sein kann. anschließend erklärten wir ihr, nägel kaufe man in gebinden von 1 oder 2,5 kg. das hätten wir jedoch besser vorher getan, hatten es aber als selbstverständlich vorausgesetzt.

an dieser stelle will ich ein paar sätze über meinen freund gernot einfügen, der uns in den folgenden jahren regelmäßig besuchte und seine baumanie mit vielen nützlichen arbeiten abzureagieren suchte. er war seit der 9. schulklasse, als er die obligatorische ehrenrunde drehte, mein freund. beim abitur trennten sich unsere bildungswege: während er es nach 14 schuljahren auf anhieb schaffte, waren sich unsere lehrer einig, dass auch ich 14 jahre zur schule gehen sollte, und verweigerten mir die zulassung zum abitur. während der schulzeit hatten wir drei jahre zusammen gerudert und es gemeinsam zu einer deutschen jugendmeisterschaft im schülervierer gebracht. wir machten zusammen wanderfahrten und fuhren zwei mal in die alpen zu skifahren.

obwohl wir von ausbildung und studium her kaum berührung hatten, unternahmen wir vieles gemeinsam: er war trauzeuge meiner ersten ehe, doch nachdem er kurz darauf ebenfalls gehiratet hatte, wurden unsere kontakte eher sporadisch, vermutlich, weil seine frau es meiner nicht verzieh, dass sie ihn mit einer ihrer freundinnen hatte verkuppeln wollen, was nicht in ihr erzkatholisches weltbild passte. er war bei der beerdigung meines vaters und meiner mutter anwesend. auf der feier meiner zweiten hochzeit übernahm er den grill und den bierausschank für 100 gäste. zu dieser zeit war er auch testamentsvollstrecker über das erbe meiner kinder. für seine beiden aus chile importierten kinder – von der katholischen kirche arrangiert – übernahm ich für einige wochen eine art vormundschaft, bis die behörden die adoption juristisch vollzogen hatten. 1985 scheiterten wir gemeinsam bei dem versuch, den jostedalsbreen in längsrichtung mit skiern zu überschreiten. ausrüstung und wetter waren gegen uns.

genug davon. ich will an dieser stelle über seine aufenthalte in alekull berichten. während seines ersten aufenthalts – er musste täglich seine inquisitorische regierung (=ehefrau) anrufen – zerstach er nicht nur am vorletzten tag die wasserleitung, sondern entschied, den gewaltigen ameisenhaufen an und in der scheune „umzusiedeln", den heuboden über dem ehemaligen kuhstall, durch dessen bretter tochter susi gebrochen war, herauszureißen und zu verbrennen, weil noch immer holzwürmer darin siedeln könnten. die verbrennung nahm zwei volle tage in anspruch, denn die fläche misst 42 quadratmeter, und das ergibt eine menge holz.

das altholzfeuer war so heftig und heiß, dass ein ziemlich großer felsen in mehrere stücke zerbarst. doch richtig mulmig wurde uns, als wir am nächsten morgen den zweiten stapel bretter verbrennen wollten, die aber nicht anzünden mussten, weil sie beim ersten kontakt mit den steinen aufflammten. nur unglaubliches glück hatte uns davor bewahrt, einen richtigen waldbrand zu entfachen. eine neue decke legten wir erst im sommer 2000. da machte er pläne, sich dort eine eigene wohnung einzurichten. ohne mich vorher zu fragen, weil er stillschweigend mein einverständnis voraussetzte. in diesem jahr sorgte er auch dafür, dass, wie er meinte, die scheune nicht zusammenbrach, indem er mit heike die unter dem grundbalken herausgekullerten steine wieder an ihren platz wuchtete, wobei er sich der methode der ägyptischen pyramidenbauer bediente. ich hatte praktischerweise gerade einen hexenschuss und war zum zusehen verdonnert.

nachdem ich 1994 ohne seine hilfe die veranda am südgiebel angebaut hatte, damit heike auch bei regen im freien frühstücken konnte – sie frühstückte aber nach bauende vorzugsweise vor der veranda –, meinte er, dass wir die fläche bis zum weg mit platten belegen sollten. also bestellte ich 5 kubikmeter sand und einen großen stapel gehwegplatten bei leif, dem baumeister und baustoffhändler in ängadal und bereitete das gelände mit schwerem werkzeug vor, so dass ein leichtes gefälle vom haus weg entstand, was natürlich nicht nötig war, weil das haus erst 30 zentimeter über dem boden beginnt. danach karrte er den sand auf den grob vorbereiteten boden, ich baute aus stammstücken zwei stampfer zur sandverdichtung. gernot schuf mit dachlatten und wasserwaage die korrekte neigung und gemeinsam verlegten wir die platten, eine arbeit die noch ein jahrzehnt später die ungeteilte anerkennung der schwedischen nachbarn fand, weil die platten sich nicht verwarfen.

zur seitlichen sicherung auf der beetseite sammelte er steine und schuf eine befestigung, die einem japanischen garten zur zierde gereicht hätte. zwischen die steine pflanzte er zur verschönerung des werkes fetthenne, die fast überall auf unseren wiesen wächst. diese pflanzung stellte sich als richtiges danaergeschenk heraus, denn sie erforderte viel pflege, weil die anfangs kleinen pflänzchen sofort die tendenz entwickelten, das gesamte blumenbeet zu überwuchern.

irgendwann eröffnete er mir in hamburg, dass er seit 10 jahren keine richtige kommunikation mehr mit seiner frau habe, auch keinen richtigen gesprächspartner, sich also oft allein gefühlt habe und sich als ausgleich seit zwei oder drei jahren eine freundin zugelegt habe. verlegen herumdrucksend fragte er, ob er sie mit nach schweden bringen dürfe. natürlich wollten wir sie vorher kennen lernen, fanden dann, sie passe zu uns und alekull, und seitdem kamen ursel und er jeden sommer für zwei wochen zu uns in den wald. er legte seinen urlaub so, dass er seinen geburtstag immer bei uns in schweden verbrachte, auch seinen 60.

hinter der scheune legte er einen grillplatz mit zwei transportablen bänken und einer palisade an, machte viele kleine und größere dinge, entwickelte sich aber hauptsächlich zu einem erfolgreichen beerenjäger und marmeladenkocher. hierbei gebärdete er sich zuweilen wie ein durchgeknalltes rumpelstielzchen. beide frauen hatten ihm zu assistieren, mussten ihm die gründlich gespülten gläser zur füllung reichen, sie abwischen, wenn der meister gekleckert hatte und ähnliche untergeordnete tätigkeiten verrichten. ein ehemaliges fischglas hatte noch einen hauch des geruches vom früheren inhalt, obwohl es regelrecht gespült worden war. dieses häuchlein von fischgeruch löste bei ihm eine explosion aus, die wie eine 500-kilo-bombe im ganzen haus einschlug, mich jedoch zu einem lachanfall veranlasste, der mich fast erstickte, ihm aber die lächerlichkeit seines verhaltens klar machte.

er hat für unser zweites heim so viel getan, dass ich es nicht aufzählen kann. hier einige sachen, die mir spontan einfallen: er hat elektrische leitungen verlegt, lampen und steckdosen installiert, die ohne zu mucken funktionieren, er hat zusammen mit ursel unseren küchentisch komplett abgeschliffen, so dass er wieder ansehnlich wurde. das hat immerhin mehr als einen halben tag seines kostbaren urlaubs beansprucht. er hat türgriffe geschnitzt und eingebaut, neue verschlüsse für das werkstatttor gemacht und viele dinge, die mich immer wieder an ihn erinnern. nachdem seine frau sein doppelleben entdeckt hat, und er nach einer längeren auseinandersetzung sich von seiner freundin getrennt hatte, habe ich nichts mehr von ihm gehört. karin hat ihm wohl eine kontaktsperre auferlegt. die kirche hat einen großen magen, der hat schon viele agnostiker vertragen. besteht aber die gefahr, sich bei diesem fressen, ein zwölffingerdarmgeschür, eine darmverschlingung oder auch nur durchfall zuzuziehen, erklärt sie souverän, das gehe sie nichts an, denn wer in der hölle schmoren wolle, den könne man als verantwortungsbewusste institution von kuttes (=gottes?) gnaden nicht hindern, zumal man für medizinische fragen nicht zuständig sei.

abwasser

13 jahre nach seiner ersten attacke hat der ein jahr zuvor gefällte
baum sich doch noch an uns, hauptsächlich aber an mir gerächt-: lis-
tig hatten seine wurzeln die nahtstelle zwischen neuem plastik- und
altem betonrohr gefunden und sich erneut im inneren ausgebreitet,
wobei sie natürlich die nährstoffreiche brühe, die aus toilette und
waschbecken abfließt, mit festgehaltenem toilettenpapier aufstauten
und einen großen proppen bildeten, der mit jedem stuhlgang, besonders wenn er hart ist, wuchs.
es war genau der tag, an dem heike und ulrike morgens abgereist
waren, als ich fröhlich duschte und erschreckt bemerkte, dass das
wasser sich unterhalb der duschwanne sammelte und nicht abfloß.
kommende rückenschmerzen schienen unvermeidbar.

ulrike

ist eine bekannte von uns, gut halb so alt wie ich und hübsch anzusehen. im sommer 2001 war sie mit sich selbst und mit der welt nicht
ganz im reinen, weil sie sich gerade nach einer wirklich sehr tief ge-
henden verletzung scheiden ließ. damit sie etwas ruhe fände und in
der abgeschiedenheit zu sich selbst kommen könne, hatte heike sie
zu uns in den wald eingeladen, wo die wiesen ums haus im juni besonders schön blühen. vorgeschwärmt hatten wir ihr vom blauen
himmel, über den weiße wölkchen aus dem werbeprospekt segelten,
dem vogelgezwitscher und den kleinen schönheiten der natur, die
man aber zu finden und zu würdigen wissen muss.
natürlich kam alles ganz anders: das frühjahr hatte sich mindestens
zwei wochen verspätet – dafür sollte es im folgenden jahr zehn tage
früher ausbrechen - , die wiesen waren noch nicht weiß und gelb geschmückt, das wetter durchwachsen und kühl. trotzdem genoß sie
die stille, das grün des waldes und der wiesen, brach mehrfach in
enthusiasmus aus und redete sich ihren ärger und kummer von der
seele, was wir stumm ertrugen. da sie nach eigener aussage sehr
sportlich war, hatte sie ihre rollschuhe (=in-line-skates) mitgebracht,
obwohl ich ihr vorher mehrfach versichert hatte, dass es weder im
wald noch auf den holz- und asphaltwegen besonders lustig sei, die
rollen unter den füßen zu haben, was sie nach einem ersten versuch
auf der straße in vashult auch einsah.
doch ihr bewegungsdrang war nicht zu bremsen: am tag nach ihrer
ankunft, also am pfingstsonnabend zog sie sich abends um 9 uhr
zum joggen an, wollte höchstens eine halbe stunde bleiben, und
rannte mit elegantem laufstil in richtung nordpol, also briefkasten. ich
hatte sie vorher gefragt, ob sie noch mal auf die karte sehen oder sie
vielleicht mitnehmen wolle, doch das hatte sie nicht für nötig gehalten, weil sie nur eine kleine runde laufen wolle und wisse, welchen
weg sie zu nehmen hätte.
nach einer stunde, also um zehn uhr abends, war sie noch nicht wieder zurück. der himmel war bewölkt, die dämmerung stülpte sich
über wald und wiesen. da ich etwas unruhig wurde und das auch

mitteilte, meinte heike, ich könne sie ja mit dem auto suchen, was ich als aussichtslos ablehnte, da der „nordpolweg" sich bereits an unserer grundstücksgrenze gabelt und wir nicht wussten, welchem zweig der gabel sie gefolgt war, von deren jedem wiederum eine kaskade von bifurkationen abging. doch nach einer weiteren halben stunde hielt ein großer volvo vorm haus, ulrike saß am steuer, neben ihr ein junger mann, der uns, nachdem beide ausgestiegen waren, in einem etwas merkwürdigen englisch zu erklären versuchte, was geschehen war.

nach mehrfachem bitten ging er dazu über, seine muttersprache zu verwenden, so dass wir ihn besser verstanden: er hatte mit einem freund zusammen gesessen und gerade begonnen, den wochenendsuff zu zelebrieren, als ulrike, die licht gesehen hatte, klingelte und auf englisch erklärte, dass sie sich verlaufen habe und nicht genau wisse, wie sie wieder nach hause kommen könne, erinnerte sich aber an den namen sven svensson, den anders, der junggeselle, dann anrief. der kombinierte, dass die junge dame unser gast sei und erklärte anders den weg zu uns.

da er wegen des ersten schnapses nicht mehr selbst fahren wollte, steuerte ulrike das monsterauto nach alekull. von uns aus fuhr heike sein auto – ich durfte nach den üblichen gläsern wein auch nicht mehr fahren – nach vashult, ulrike folgte mit eigenem hutschefidel, und beide kamen mit dem kleinen richtig wieder zurück. wie sie anschließend erzählte, war sie den holzweg gelaufen, der kurz vorm zentrum von bohult an der kandelaberkiefer auf die straße trifft, war richtig nach links in richtung vashult abgebogen, hatte aber etwa 400 meter vor der city of vashult den wegweiser nach tullanäs übersehen, der sie nach alekull geführt hätte, und war weiter in richtung häradsbäck gerast. irgendwann hatte sie bemerkt, dass dieser weg nicht in ihr bett führte, hatte eine kehrtwendung gemacht und beim ersten haus, in dem sie licht sah, geklingelt. das war die junggesellenbude von anders skoglund, der sie dann heimlotste.

natürlich hatte sie bei beginnender dämmerung in einem fremden land, dessen sprache sie nicht verstand, ein mulmiges gefühl bekommen. und was kann einer jungen frau im dunklen wald nicht alles passieren! ich will gar nicht an rotkäppchen und den wolf erinnern, aber massen von mörderschnecken können auf der jagd sein und jeden bis zur erschöpfung jagen, fleischfressende ameisen können über dich herfallen und dich in minuten bis aufs skelett abnagen, giftige kreuzottern können dich totbeißen oder ein aufflatterndes birkhuhn dich zu tode erschrecken. die gefahren im småländischen wald sind eben sehr vielfältig und nicht zu kalkulieren.

obwohl sie manchmal unruhig war und die wirklich selten als einzelexemplare auftretenden mücken von unmutsausbrüchen begleitete zuckungen auslösten, muss sie sich in dieser umgebung bei uns sehr wohl gefühlt haben, denn einen alten schreibtisch, den heike bei antik anders gekauft hatte, restaurierte sie trotz unzureichenden werkzeugs mit begeisterung. es war ihr ganz persönliches dankeschön an uns, über das wir uns immer noch freuen.

ulrike und heike waren also nach gut zwei wochen wieder weg, und ich hatte das problem mit dem abfluss. also mit gemischten gefühlen *(gemischt womit?)* rune anrufen, den ich ja eigentlich nicht mehr beschäftigen wollte, weil er für das ab- und anstellen des wassers unverschämte honorare berechnet hatte, die er mit großer wahrscheinlichkeit nicht versteuert hatte, denn wir haben nie eine rechnung bekommen, und schwarzarbeit blüht überall, wo der staat arbeit und fleiß mit steuern und abgaben bestraft. natürlich war nur seine frau am telefon, die wie immer nichts wusste und mir sagte, er sei sehr beschäftigt und könne vielleicht in dieser woche noch mal bei mir vorbeischauen. trotzdem stand er am nächsten morgen vor der tür (vermutlich hatte er sehr viel weniger aufträge als er gerne gehabt hätte), wühlte mit seiner spirale im klo und verdreckte mit dem scheißding alle wände in gewohnter weise, hatte aber keinen erfolg, auch nicht, als er es von der grube her versuchte, erklärte mir anschließend, ich solle an der hauswand ein loch buddeln und das abwasserrohr freilegen. danach wolle er noch mal kommen.

nach einigen tagen hatte ich die plackerei geschafft und die leitung sogar ein stück unter dem haus freigelegt, also eine art tunnel geschaffen, hatte dabei größere mengen von holzkohle gefördert, die, wie mir sven später erläuterte, von den vorfahren als kälteisolation verwendet wurde. rune sah sich die alten betonrohre an, nahm den deckel von der grube und ließ mich spülen, spülen, spülen. während oben alles regulär abfloss, kam unten nichts an, so dass wir zu dem schluss kamen, dass das wasser aus einem umfangreichen loch ins erdreich fließen müsse. doch das blieb trocken. oh wunder der natur und der technik, die uns immer neue rätsel aufgeben und uns die begrenztheit unseres verstandes vor augen führen!

der rest war einfach und keineswegs wundersam: rune zerschlug den betonkrümmer und das letzte stück waagerechtes betonrohr, holte seine spirale und stocherte ebenso verbiestert wie heftig aufwärts in die richtung des wc. da, ganz plötzlich, gleichsam unerwartet, ergoss sich ein riesiger schwall brauner scheiße, durchsetzt mit klopapierblättern, in die mühevoll gegrabene grube, drohte sie zu füllen und hätte rune sicherlich ersäuft, wäre er nicht mit unglaublicher geschwindigkeit, die ich weder bei ihm noch auch bei einem anderen schweden je vorher noch auch später während der arbeit (beim saufen können sie ein ganz anderes tempo vorlegen!) gesehen habe, auf den rand gehüpft, um seine schwarzen ausgehschuhe, die er wohl sonntags für den kirchgang benötigte, nicht zu beflecken. nach einer schrecksekunde bemerkend, dass ich gummistiefel trug, befahl er mir barsch: „tar väck skiten!" <hol die scheiße raus>, was ich folgsam, wenn auch zornig aber schweigend tat und über das eigenartige verhältnis von auftraggeber und –nehmer neue einsichten gewann. es waren fünf eimer mit schiet, die ich aus der grube ins klärbecken trug, während rune sich seiner sauberen schuhe freute.

immerhin ließ er sich dazu herab, einen krümmer und ein 30 zentimeter langes plastikrohrstück handwerksgerecht einzubauen, wies mich aber ernsthaft darauf hin, dass das rohr mit sicherheit erneut verstopfen werde, da noch wurzeln in ihm seien. deswegen solle ich das loch nicht verfüllen sondern mit heu und reisig gegen frost abdecken, damit ich mir das erneute aufgraben erspare. sehr fürsorglich, fürwahr. dann allerdings müsse ich auch die großen fundamentsteine lösen und beiseite schaffen (klar doch, klar doch, mach ich mit links, denn der kleinste wiegt sicher nicht mehr als 200 kilo, stimmte ich ihm im stillen zu und freute mich über die positive art, mit der er seinen kunden mut machte) und in der küche müsse der fußboden (und damit die mühevoll mausedicht gemachten einbauschränke) weggerissen werden, damit er den ganzen alten leitungsschrott aus eisen ersetzen könne. dafür könne ich mir ja einen tischler suchen. nach einer möglichkeit suchend, sein dreckiges gerät zu säubern, entdeckte er die volle regentonne, wusch mit der ihm eigenen berserkerkraft die schietige spirale, was mir die arbeit machte, die anschließend stinkende tonne zu leeren und zu reinigen. hatte ja wirklich nichts anderes zu tun, nein wirklich nicht. am ermunterndsten aber war sein honorar von 1100 kronen (120 euro), was meinen entschluss bestärkte, ihn – koste es was es wolle – nie wieder auch nur mit der kleinsten kleinigkeit zu beauftragen.

wochen später kam heike zurück, sah das loch, meinte, das müsse vor dem herbst wieder verfüllt werden. ich solle mir gefälligst etwas einfallen lassen. mir fiel aber nichts ein, denn die vorstellung, erneut aufgraben zu müssen, erfüllte mich keineswegs mit gesteigerter vorfreude. nachdem ich eine woche trotz strenger ermahnungen immer noch keine idee entwickelt und schon gar nichts getan hatte, handelte heike, holte informationen ein, telefonierte und fand innerhalb einer stunde heraus, was zu tun sei. als erstes fuhr sie zu sven und berit, denn wir befanden uns mal wieder in einem mobilfunkloch. sven war aushäusig und räumte wie immer den wald auf, eine nie endende arbeit, und berit wußte auf anhieb auch keinen rat, außer sven-erik anzurufen und ihn zu fragen, wer uns helfen könne. doch der war auch nicht im hause, fuhr vielleicht eine kleine schnapsrunde, doch kerstin verfiel auf die idee, leif zu fragen, der ja als bauunternehmer ganze häuser baue und deswegen wohl auch einen klempner beschäftige. also fuhr ich die fünf kilometer zu leif, schilderte ausführlich die sachlage und runes verhalten und erfuhr schließlich, dass sein klempner noch im urlaub sei.

in der woche zwischen dessen urlaubsende und unserer abreise nach hamburg erschienen zwei angestellte von leif, nicht ohne dass ich vorher noch mal bei ihm war, weil ich annahm, dass er mich vergessen hatte, was er sehr schuldbewußt und offen zugab. sie überprüften die leitung, fanden am abfluss des wassers nichts auszusetzen, klopften aber mit einem schweren hammer gegen das alte eisenrohr, das direkt aus dem haus kommt, und konstatierten einen pfropf, der aus dem rohr in die grube gespült wurde. das waren wohl die restlichen wurzeln. dann kam leif noch dazu, schüttelte mehrfach den kopf über runes verhalten und seine ansicht, das halbe haus abzureißen, um ein rohr zu erneuern, ließ eine styroporplatte als wärmedämmung holen und war später völlig ratlos, wie viel ich ihm bezahlen solle. schließlich, da ja er und seine leute gar nichts getan hätten, schlug er mir 600 kronen ohne rechnung vor. das nahm ich gerne an.

nach diesem ausflug will ich noch kurz auf die zeit der ersten aufgrabung 1988 zurückkommen. der sinologe, dessen namen ich rücksichtsvoll verschweige, war als handwerker gut ausgerüstet und ein rechter tausendsassa: in die fensterlose toilette baute er ein richtiges kleines fenster in einer höhe ein, dass niemand nicht einmal ein sehr viel größerer mensch als ich im stehen hinaussehen kann, ersetzte den fußboden im winzigen eingangsraum auf der giebelseite und fertigte eine wunderbare türschwelle. doch der auftrag, einen warmwasserspeicher und eine dusche in die nische unter der treppe einzubauen, hat ihn wohl doch etwas überfordert.

weil wir wieder nach deutschland fahren mussten, arbeitete er ohne aufsicht. er war absolut ehrlich und hat bestimmt nicht eine stunde zuviel abgerechnet. er sollte eine tür von einem zimmer in den duschraum, in dem auch pumpe und windkessel ihren platz haben, einsetzen. doch die ersten schnitte mit der kreissäge legte er etwas merkwürdig-: während die eine hälfte der tür in die dusche geführt hätte, wäre die andere in der küche gelandet. er hatte sich wohl vermessen, dann aber seinen irrtum, bevor er der wand mit der kettensäge an die balken ging, bemerkt, denn die falschen schnitte hat er wieder zugegipst. der wissende betrachter kann sie jedoch immer noch erkennen, obwohl heike den raum neu tapeziert und gestrichen hat.

bei der späteren abnahme habe ich dagegen protestiert, dass der abfluss unter der duschwanne zwei zentimeter höher gelegt war als der umgebende fußboden. der sinologe weigerte sich aber mit gründen, die ich in meinem ganzen leben nicht verstanden habe, den abfluss tiefer zu legen, so dass man das vorbeigelaufene wasser einfach hätte hineinschieben können. auch seine übrigen installationen hatten offenbar ähnliche qualitäten. in den folgenden jahren ersetzte lennart, unser erster schwedischer klempner, der zum winter die wasserkunst trockenlegte und nach ostern, wenn keine harten fröste mehr zu befürchten sind, wieder in gang setzte, stillschweigend alle überflüssigen leitungen, ventile und absperrungen, so dass auch ein laie begreifen kann, wie das wasser im system fließt. leider musste lennart aus gesundheitlichen gründen seinen beruf aufgeben, so dass wir rune, den letzten klempner der gegend, zu seinem nachfolger machen mussten.

ohne strom geht nichts

auch nicht in der wildmark. das haben wir immer wieder teils amüsiert, teils heftig dadurch belästigt, bemerkt. das wasser, heiß oder
kalt, fließt aus dem hahn, der strom kommt aus der steckdose – woher denn auch sonst? wer weiß schon, wenn er in einem miethaus
lebt, wo der elektrische hauptschalter oder der hauptwasserhahn ist?
natürlich kommt auch in alekull der strom aus der steckdose, das
wasser aus dem hahn, und trotzdem ist es anders als in der stadt,
zum beispiel beim strom.
ohne elektrizität funktioniert in zivilisierten ländern kein haushalt, das
gilt auch für alekull, das ja in einem high-tech-land liegt. wenn das
wetter schön ist, fließt meistens auch strom in der leitung, so dass
kühlschrank und gefriertruhe, radio und fernseher, cd-spieler, wasserpumpe und warmwasserboiler funktionieren. wenn aber gewitter
oder sturm ist, wenn im winter schnee fällt, dann gibt's oft keinen
strom und damit auch kein wasser im haus, weil die pumpe natürlich
mit strom läuft. versuche, eine eigene notstromversorgung mit hams-
tern aufzubauen, die über ein laufrad mit angeschlossenem dynamo,
wechselrichter, trafo und spannungskonstanthalter elektrizität liefern,
scheiterten daran, dass während unserer abwesenheit niemand die
nützlichen mitarbeiter füttern wollte. das angebot einer im wald streu-
nenden katze, diese aufgabe zu übernehmen, lehnten wir mit aus-
führlichem dank ab.
inzwischen haben wir erfahrungen gesammelt und methoden entwickelt, den ursachen von stromausfällen auf den grund zu gehen, die
ja auch im haus liegen können: zunächst wird der hauptschalter kontrolliert, dann die drei eingangssicherungen für die drei phasen im 1.
stock. sind die in ordnung, öffne ich den sicherungskasten am letzten
mast vor dem haus mit einem großen schraubenzieher und kontrol-
liere die sicherungen. das darf eigentlich nur sydkraft mit einem spe-
zialschlüssel, aber so geht's auch. ist alles in ordnung, fahren wir zu
sven und berit, unseren nachbarn und freunden, die dann berits bruder roland alarmieren, der bei sydkraft arbeitet und für uns zuständig
ist. der kontrolliert anschließend, wenn nicht ein ganzer bezirk ohne

strom ist, die sicherungen am transformator und behebt den schaden. beim ersten dieser ausfälle kontrollierte sven mit mir, wohl weil er meinen technischen fähigkeiten nicht recht traute, alle sicherungen am und im haus. anschließend fuhr er mit mir zum transformator, öffnete den schalt- und sicherungskasten, fand natürlich nichts, nutzte aber die gelegenheit um in dalhem bei nachbar johansson einen schwatz abzuhalten und klatsch auszutauschen, wobei natürlich zwei schnäpse pro mann getrunken wurden. was sein muss, muss sein, schließlich gehört wodka zu den leicht verderblichen lebensmitteln und muss schnell getrunken werden, oder? na also.

irgendwann passiert alles zum ersten mal. so klang eines tages die wasserpumpe anders als gewöhnlich und baute den normalen druck nicht auf. da sie immer weiter lief, stellte ich sie erst einmal ab. nach längeren überlegungen kamen wir darauf, dass wohl eine phase ausgefallen sein müsste. eine kontrolle der sicherungen lieferte keinen befund, so dass wir sven zu rate zogen. der beharrte auf phasenausfall, steckte ein paket sicherungen ein und kam mit uns, die sache zu untersuchen und zu beheben. natürlich war eine phase ausgefallen, weil eine sicherung im haus durchgeschmort war, was aber nicht erkennbar war, weil die sicherung intakt aussah: der kleine bunte knopf saß fest an seiner stelle, hätte aber abgesprungen sein sollen. später hat mich die elektrik mehrfach mit solchen späßen genarrt. während ich darauf reinfiel, hatte heike immer sofort dir richtige diagnose. von wegen frauen und technik!

besonders im winter, wenn nasser schnee fällt, kommt es zu längeren stromunterbrechungen. wir erlebten diesen zustand zuerst an der jahreswende 2000/2001, als der strom einen ganzen tag ausfiel und auch später immer wieder für einige stunden wegblieb. ein besonderes erlebnis hatten wir genau ein jahr später. als wir ein paar tage vor weihnachten ankamen, lagen etwa 25 cm schnee, die landschaft sah aus wie im wintermärchen. zusätzlich übergoss rauhreif wald und wiesen mit millionen diamanten, die tags im sonnen- und nachts im mondlicht funkelten.

doch dann kam neuschnee, junge birken wurden unter der last gebogen, so dass ihre spitzen den boden erreichten, während die schweren schneetatzen die äste von fichten und kiefern bis zum abbrechen belasteten. während sich heike an dem herrlichen winter freute – mit 10 – 15° frost wars nicht einmal richtig kalt – sah ich immer wieder bedenklich in die leitungsschneise. sven kam mehrfach mit dem trecker und räumte den neuschnee aus dem weg, auch einige dicke äste. nach weihnachten fiel dann schwerer nasser schnee und aus wars mit wasser, fernsehen, radio, kühlschrank, toilette und lektüre. viereinhalb tage überlebten wir ohne strom – kaum vorstellbar, aber es war tatsächlich so. den platz zwischen haus und scheune hatten wir immer so weit geräumt, dass wir das auto wenden und bequem das antiquarische außenklo neben der scheune erreichen konnten. zum schluss erreichten die in handarbeit aufgeschaufelten schnee-wälle die höhe von 1,5 m.

wir entwickelten völlig neue lebensweisen-: schmolzen schnee für kaffee, essen, abwasch und die eigenreinigung in der schüssel, mahlten den kaffee mit der hand, verbrauchten große mengen von holz und fanden das alles ganz normal. dass wir aber nicht einmal lesen konnten, weil selbst sieben um ein buch drapierte kerzen zu wenig licht gaben, und das dutzend neue weihnachtsbücher unterm tannenbaum ungelesen liegen blieb, war doch sehr hart. diese situa-tion ging uns so sehr aufs gemüt, dass wir eine woche früher abreis-ten, statt eine woche länger zu bleiben, wie heike es sich gewünscht hatte. sydkraft hat uns für die unbilden vier monate leitungsgebühr erlassen, für jeden tag ausfall einen monat. sydkraft gehört inzwi-schen zum deutschen eon-konzern, während die meisten norddeut-schen stromerzeuger beim schwedischen staatskonzern vattenfall gelandet sind. kurios. damit wir beim nächsten längeren stromausfall wenigstens lesen können, kaufte heike in hamburg sofort eine mons-tröse zeltlampe, die licht in der stärke einer 300-watt-glühlampe ab-gibt. ich besorgte – etwas billiger – neue batterien für die taschen-lampe. die waren im winter endgültig ausgelutscht, und neue gabs in der ganzen gegend nicht.

2003 kamen zu weihnachten die russen. elena und dimitri sind unse-re mieter in der baererstraße und haben uns ein wenig als ersatzel-tern adoptiert. sie kamen am 21. dezember. in der nacht hatte es sehr stark geregnet, war am tag trocken bis kurz nach eins und reg-nete erneut bis 15.30 uhr. dann ging der regen schlagartig in schnee über, und bis 7 uhr fielen 30 zentimeter. heike rief die beiden übers handy an, sie sollten irgendwo im hotel übernachten, weil sie bei dem schnee nicht bis zum haus durchkommen könnten. doch in hässleholm war noch kein schnee zu sehen, es regnete, und sie fuh-ren ungläubig weiter bis älmhult, wo sie im ikea-hotel, von dessen existenz wir keine ahnung hatten, zum halben preis übernachteten.

natürlich fiel der strom aus, doch sydkraft hatte ihn mittags wieder in gang gesetzt, sven den weg geräumt, über den auch noch ein baum gefallen war, so dass die beiden mittags bei strahlenden sonnenschein problemlos zu uns kamen und mit uns weihnachten feierten.

elena, die ihre kindheit und jugend in murmansk verbracht hat, stellte sich als richtiger frostködel heraus und trug sogar im haus mindestens zwei pullover übereinander.

ein gutes jahr später erschien am 8. januar gudrun, die norddeutschland am tag zuvor besucht hatte, räumte die wälder auf ihre art auf und zerfetzte alle oberirdisch verlegten strom- und telefonleitungen. wir waren in diesem winter glücklicherweise in unserem neuen heim in schenefeld und erfuhren nur aus der ferne einzelheiten des geschehens. ostern war das haus wieder erreichbar und hatte sogar strom. sydkraft hatte ein kabel neben dem weg von dalhem ausgerollt, das vielleicht noch in diesem jahrtausend verbuddelt wird.

elixier des lebens?

unser brunnen ist etwa viereinhalb meter tief, liegt ungefähr 30 meter vom haus entfernt auf halber höhe des hügels. eine saugpumpe unter der treppe ins obergeschoss fördert das oberflächenfiltrat in einen windkessel, von dem aus die leitungen zum wc und in die küche führen. wenn man vor dem winter das haus verlässt, muss das wasser aus allen leitungen und der pumpe möglichst restlos entfernt werden. kein problem! wäre ja gelacht, wenn wir das nicht selber schaffen. das kostete vor 1990 selbstverständlich zwei pumpen in zwei wintern, ein hohes lehrgeld für selbstüberschätzung. also übertrugen wir die aufgabe, das wasser abzulassen und das netz wieder zu füllen, lennart, dem klempner, der glücklicherweise nur acht kilometer entfernt wohnte. sein lächerlich geringes honorar besserten wir zu weihnachten mit einer flasche schnaps auf, über die er sich jedes mal wie ein stint freute.

dass eine saugpumpe nicht nur im winter platzen kann, wenn wasserreste zurückbleiben, sondern auch sonst gelegentlich problematisch ist, erlebten wir zuerst im sommer 1991, in dem es von anfang mai bis ende september nicht regnete. in diesem sommer vertrockneten etwa 50% der am ersten mai gepflanzten 1000 fichten, weitere 50% wurden im winter von den rehen gefressen. zehn jahre später habe ich jedoch 1200 jungfichten im aufforstungsareal gezählt, zu denen offenbar auch die vertrockneten und gefressenen zählten. nein, nein, ich flunkere nicht, habe auch nicht heimlich nur ein einziges pflänzchen zusätzlich gesetzt.

im hochsommer 1991 also wässerte ich wegen der trockenheit mit dem schlauch die blumenbeete, als die pumpe nach kurzer zeit bei sinkendem wasserdruck auf dauerbetrieb schaltete. also ins haus, pumpe abstellen. was war passiert? der brunnen war wohl vorübergehend erschöpft, weil ich so viel wasser auf einmal abgezogen hatte. nun, das würde nachlaufen, weil ein brunnen ja immer einen trichter im grundwasser erzeugt, der sich je nach bodenbeschaffenheit langsam wieder auffüllt. tat er aber nicht! eine optische überprüfung ergab, nachdem ich den betondeckel beiseite geschoben hatte, dass

48

der ansaugstutzen durchaus noch zwei dezimeter im wasser steckte. ein blick zum haus ließ in mir die vermutung keimen, dass der grundwasserspiegel unter das niveau gesunken war, das eine saugpumpe noch überwinden kann. physikalisch ist das zwar die wassersäule, die dem atmosphärendruck entspricht, also zehn meter, doch die technische grenze einer pumpe liegt bei etwa siebeneinhalb metern. in diesem sommer stieg das wasser auch nicht wieder, so dass wir uns im see wuschen und trinkwasser von sven und berit akquirierten. das schicksal ist selten gütig, wie ich oft erfahren habe, sondern haut dir überwiegend mit harter hand ins gesicht. lennart musste aus gesundheitlichen gründen seinen beruf aufgeben, so dass wir gemeinsam mit sven und berit einen neuen klempner suchten und fanden: rune, der mit sven in der gleichen kompanie beim militär gedient hatte. aber rune war mehr als doppelt so teuer, berechnete für die an- und abfahrt von je 10 kilometern einen horrend unverschämten preis und hinterließ bei jedem einsatz so viel dreck, dass wir eine volle stunde mit der reinigung beschäftigt waren, obwohl wir beide nicht unter einem reinlichkeitskomplex leiden und ein ordentliches maß an staub im haus mit stoischer gelassenheit hinnehmen, darauf lauernd, dass der jeweils andere den leidensdruck nicht mehr erträgt und beginnt, die größten anhäufungen von dreck, sofern sie eine stolpergefahr sein könnten, zu beseitigen.

rune konnte also keine dauerlösung sein, da die gefahr bestand, dass im laufe von jahren ein kompletter kapitaltransfer von uns auf ihn stattfände. als wir im april 2000 nach dem winter ins haus kamen, setzte ich die wasserkunst also höchstselbst in gang, erlebte zunächst staunend, dann fast in panik geratend, dass an sehr unterschiedlichen stellen wasserfälle zu rauschen und fontänen zu sprühen begannen, nachdem die pumpe den druck im abgesperrten kessel aufgebaut hatte. nach dieser lehrreichen aktion wusste ich aber, welche verbindungen im herbst wieder geöffnet werden mussten, damit keine frostschäden entstehen, was besonders deswegen lästig ist, weil ich dem einzigen klempner in der gegend die zusammenarbeit gekündigt und auch den hausschlüssel wieder von ihm abgeholt hatte. runes unübertrefflicher charme ist ja schon aus der abwassergeschichte bekannt.

eine andere überraschung erlebten wir während der schneeperiode 2001/2002, als der strom ausgefallen war, weil die bäume unter der schneelast zusammengebrochen waren und sich auf den stromleitungen einen ruheplatz gesucht hatten, so dass die leitungen sich weigerten, ihre funktion weiterhin zu erfüllen. der strom kam wieder, die pumpe pumpte, der boiler produzierte warmwasser, doch das kaltwasser in der küche floss nicht. seltsam. bis uns klar wurde, dass die leitung, die in den einbauschränken in der küche an der hausaußenwand verlegt ist, eingefroren war.

die toilette hatte ich gerade noch rechtzeitig gerettet, als ich zufällig die eisbildung in der kloschüssel entdeckte, den wasserkasten leerte, frostschutz ins klo kippte und die tür zum windfang und zur geheizten küche immer offen ließ. also öffneten wir die schranktüren, räumten die schränke teilweise aus und warteten darauf, dass die leitung auftaute, was sie auch alsbald tat. auch die toilette hatte wieder wasser, und bei einer ausführlichen sitzung fiel mir auf, dass die verbindung unter dem waschbecken in der toilette nicht mehr bestand. das beim frieren sich ausdehnende wasser hatte sie mit unglaublichem druck auseinandergesprengt. hier musste gehandelt werden! erst mal absperren und den druck aus der leitung nehmen, heizung im klo auf höchste stufe stellen, den vier bis fünf zentimeter langen eispenis abschlagen und das rohr wieder zusammenstecken. einfacher gesagt als getan, denn die brutale kraft des eises hatte die rohre verbogen. also musste mal wieder sven ran, der sehr viel mehr kraft in den fingern hat als ich. wenn ich diesen nachbarn nicht hätte...

für die gemütlichkeit

der fußboden im haus war, als wir es in besitz nahmen, sowohl im erdgeschoss als auch im ersten stock mit in die jahre gekommenem, also an vielen stellen abgeschabtem und ausgetretenem linoleum verkleidet. vielleicht war auch das linoleum schon gebraucht gewesen, als es vor jahrzehnten verlegt worden war. solche methoden sind nicht ganz unüblich, wie später unser lieber nachbar per aus kopenhagen zeigte, der die vergammelten ziegel von sven-eriks scheune auf seine kate legte, weil sein dach noch älter und verrotteter war. unser linoleumboden jedenfalls war, damit er keinesfalls verrutsche, im abstand von etwa 15 zentimetern mit dünnen, aber mindestens 40 millimeter langen nägeln fixiert worden. wir liebten den schietigen bodenbelag überhaupt nicht, begannen also das linoleum herauszureißen und erst mal in rollen und großen fetzen in der scheune zwischenzulagern. die nägel blieben teilweise darin hängen, doch teilweise rutschen die winzigen köpfe durch das altersmorsche material und blieben im boden stecken. das muss 1988 gewesen sein, das jahr, in dem wir mit großem elan renovierten.
unter dem linoleum kamen dunkelbraune hartfaserplatten zum vorschein, die ihrerseits mit dünnen stiften festgenagelt waren und ebenso herausgerissen und in die scheune geworfen wurden, in der die müllberge bedenklich anwuchsen. die ausgetretenen dielen, deren wannen mit zeitungspapier gefüllt waren, hatte einer der vorfahren mit kackbrauner fußbodenfarbe gestrichen, aus der jetzt tausende von nägeln einige millimeter herausragten. die ideale unterlage für barfußgeher (= fakire) also. da wir alle im haus zwar gern barfuß gehen aber keine fakire sind, begannen wir mit zangen, kuhfuß und latthammer (beide erwiesen sich als wenig geeignet) die nägelchen herauszuziehen. natürlich gab es welche, die sich dieser behandlung hartnäckig entzogen, so dass wir sie mit ein paar schlägen bewogen, sich im holz zu verstecken.
nun war zwar das gammelige linoleum im erdgeschoss entfernt, die originaldielen lagen frei, doch der boden sah schlimm aus, musste also abgeschliffen und versiegelt werden. angesichts unserer noch

immer rudimentären sprachkenntnisse – wir konnten lediglich die wichtigsten fachausdrücke wie skål für die eingeborenen einigermaßen verständlich formulieren – hatte sich mit dieser aktion wie bei renovierungen üblich mit der lösung eines problems ein neues, weit größeres aufgetan, das sich wegen der erwähnten sprachkenntnisse noch wesentlich verschärfte. auf die spitze aber trieb heike die problematik dadurch, dass sie, als ich im erdgeschoß beschäftigt war und sie nicht beaufsichtigen konnte, im obergeschoss die gleiche prozedur begonnen hatte, die wir unten gerade absolviert hatten. dort kam aber unter linoleum und hartfaserplatten ein roher fußboden aus ungehobelten brettern zum vorschein, der wegen der extremen verletzungsgefahr nur mit schwerem schuhwerk begehbar war.

als sie das entdeckte, kam sie schuldbewusst zu mir und beichtete, etwa so wie lottchen bei einem der autoren, die ich besonders hoch schätze, einen geliebten beichtet. da machte sich mein transsylvanisches temperament, das ich sonst ganz gut zügeln kann, gewaltsam luft: „wie kannst du so einen scheiß bauen, eine neue baustelle öffnen, wo unten noch so viel zu tun ist! das kann doch nicht wahr sein! das halt ich im kopf nicht aus!" was man in der erregung eben so losbölkt. doch heike blieb kühl, was mich zusätzlich aufbrachte, besonders deswegen, weil ich diese methode früher selbst gerne und erfolgreich angewendet hatte. doch sie erklärte sachlich, sie würde das in ordnung bringen, und schließlich käme nächstes jahr besuch, dem der schedderige linoleumboden angesichts der löcher und stolperfallen nicht zuzumuten sei.

„doch so ist das doch noch viel schlimmer", insistierte ich, „niemand kann auf diesem boden gehen." doch irgendwann macht es keinen spaß mehr, sich aufzuregen, und so beruhigte ich mich grummelnd: „dann mach mal" und wollte damit nichts mehr zu tun haben. und heike machte, überlegt, planvoll und effizient. zunächst interviewte sie, als wir wieder in hamburg waren, den tischler, der seine werkstatt gegenüber unserem atelier hatte. der meinte, das sei kein problem, in skandinavien hätten handwerker maschinen, mit denen sie ratzfatz einen fußboden abschleifen könnten, auch wenn er mit nägeln gespickt sei. im herbst sprach sie dann mit sven – weiß der geier, wie sie sich verständigt haben – schaffte es, ihm zu erklären, was getan werden müsse, und sven versprach, dass im winter, bevor wir zu weihnachten kämen, zwei leute den boden abschleifen und lackieren würden. das passierte dann auch.

gleichzeitig hatten wir kontakt mit dem ofenbauer bosse nyström auf-
genommen, der ein wenig deutsch sprach und uns einen kachelofen
in ein zimmer setzen sollte, damit wir auch im winter in alekull sein
könnten. bosse hatten wir über erwin knackstedt, unseren unglaublich hilfsbereiten makler, kennen gelernt, der seine kunden teilweise
jahrelang betreute und ihnen ratschläge gab sowie handwerker ver-
mittelte. bosse suchte also nach einem kachelofen für uns und erklärte, uns wegen des preises vorwarnend, der fußboden könne das
gewicht des ofens wahrscheinlich nicht tragen, so dass er ihn auf-
schneiden und ein betonfundament schütten müsse. damit waren wir
einverstanden.
doch bosse war auch etwas verwöhnt, denn er forderte, dass heike
nach alekull kommen und für ihn kochen müsse, wenn er den ofen
aufbaue, was heike ziemlich resolut ablehnte, schließlich war sie gut
im geschäft und wollte keine aufträge und schon gar keine kunden
verlieren, weil „das muttersöhnchen bosse" auf sein warmes essen
nicht verzichten wollte, nicht einmal für ein paar tage. widerwillig ließ
er sich nach langer diskussion darauf ein.
im winter, als wir wieder in hamburg waren, kamen die fußboden-
schleifer und bosse. natürlich stellten sie alle elektrischen heizkörper
auf die höchste stufe und öffneten sämtliche türen, um das wasser
aus dem zement für fundament und ofen aus dem haus zu jagen.
wärme und offene türen waren natürlich eine einladung für ratten
und/oder mäuse – so ganz genau weiß ich bis heute nicht, zu welcher art die ebenso possierlichen wie zerstörerischen nager gehören, gegen die der kampf nie enden wird – sich ausführlich im haus
umzusehen und in die vorhänge, die sauber gefaltet im schrank lagen, lochketten zu nagen; während der arbeiten im haus war der
schrank mehrfach gerückt worden, so dass seine türen, denen die
schlösser fehlen, sich geöffnet hatten, was den handwerkern zumindest gleichgültig war.
der schaden war beträchtlich, sollte auch im laufe der jahre nicht der
einzige bleiben, den die kleinen nager anrichteten, obwohl es gernot
und mir gelang, das erdgeschoss und den ersten stock so abzudich-
ten, dass weder ratten noch mäuse sich durchbeißen konnten – jedenfalls waren die räume ködelfrei, ein zeichen dafür, dass die von
manchen als klug bezeichneten oder als katzehundersatz wie haustiere gehaltenen viecher nicht in die räume gekommen waren. allerdings säuberten sie die kettensäge, indem sie auch das letzte milli-

53

gramm späne-öl-gemisch wegfraßen, jedenfalls so lange ich die werkzeuge in einer der abseiten aufbewahrte. als bezahlung ließen sie berge von harten ködeln zurück.

allerlei tiere

damit bin ich bereits bei der fauna, die sich in der umgebung von alekull herumtreibt. grundsätzlich ist die gesamte tierwelt in folgende
gruppen einzuteilen: essbare und nicht-essbare, die essbaren in
schmackhafte und weniger schmackhafte – eine zugegebenermaßen
ebenso subjektive wie praktische unterteilung. es läßt sich aber auch
– aus anthropozentrischer perspektive – die fauna in nützliche und
schädliche viecher unterteilen, z. b. kühe und mücken. zu den
schädlingen zählen wir viele insekten, einerseits weil sie stechen und
beißen, andererseits weil sie krankheiten übertragen oder aber auch,
wenn sie in massen auftreten, was zum wesen vieler insekten gehört, angst oder ekel erregen (heuschrecken, kakerlaken).
ameisen gehören zu den insekten, die wie bienen in der natur wichtige funktionen erfüllen, in europa harmlos sind und nicht von menschen gegessen werden. also läßt man sie in ruhe, so lange sie da
sind, wohin sie gehören: im wald oder auf den wiesen, jedenfalls außerhalb der häuser. kommen sie jedoch in mengen in bewohnte häuser, pflegen die meisten mitglieder der gattung homo sapiens ihr epi-
theton ornans abzulegen und in panik zu verfallen. ich auch. – genug
der gemeinplätze.
im laufe der jahre lernten wir also die tiere der gegend kennen, lieben und hassen. das größte und für schweden typische tier ist der
elch, der auch auf den straßenschildern, die vor wildwechsel warnen,
in seinem unverwechselbaren profil abgebildet ist. die schilder sind
besonders bei deutschen touristen extrem beliebt und werden immer
wieder abgeschraubt, was in kalmarlän vorübergehend dazu geführt
hat, dass die kommunen, die sie bezahlen müssen, sie durch den
schlichten hinweis „älg" ersetzt hatten, weil der permanente ersatz
die kommunalen kassen heftig strapazierte. das allmächtige vägver-
ket ließ allerdings die vertrauten elche wieder auf die träger montie-
ren – auf kosten der kommunen natürlich. das erste exemplar sahen
wir im zweiten urlaubsjahr, abends gegen halb zehn. von gernot mit
den worten „wem gehört denn der elch da?" alarmiert, traten wir aus
der tür und sahen, wie dieser ungerührt von der anwesenheit der

menschen einen jungen kirschbaum 20 meter vom haus entfernt mit offensichtlich großem behagen verspeiste.

in den folgenden jahren sahen wir fast nur noch die spuren: losung, aus der sich herrliche ohrgehänge verfertigen und profitbringend vermarkten lassen, wie ein norweger während der olympischen spiele in lillehammer zeigte, hufspuren in erde und schnee oder niedergedrücktes gras hinter der scheune, wo sich eine kuh mit ihrem kalb tagsüber zur ruhe niedergelegt hatte. hauptsächlich sahen wir aber die folgen des unermesslichen appetits der schmackhaften tiere: zu bonsaiexemplaren verkrüppelte wildapfelbäume sowie birken und espen zu hunderten, die die elche auf etwa zweieinhalb meter höhe hielten.

ein apfelbäumchen direkt am weg auf höhe des brunnens schaffte es, einen trieb aus dem fraßbereich herauszubringen, während der elch den unteren teil weiter kegelförmig abfraß. der obere teil des bäumchens entwickelte sich ebenfalls kegelförmig, so dass der gesamte baum die gestalt einer klassischen eieruhr annahm. ab 1999 wurde ein immer größerer pilz daraus, der seine von früchten schweren zweige in eine für elche mundgerechte höhe hängen ließ. richtig schaden aber richtete eine elchkuh an, die im nachwachsenden wald in etwa zwei meter höhe alle jungen kiefern abbiss und die kronen zur erde brach, damit das kalb im schneereichen winter frisches grün zu fressen hatte. in den letzten jahren beobachteten wir vom wohnzimmerfenster aus immer häufiger elchkühe auch mit kälbern, die stundenlang auf der wiese die reifen äpfel, die für menschen nicht genießbar sind, ernteten, laub und zweige inklusive.

mindestens ebenso viel schaden richteten die rehe an, die die jungen fichten immer wieder um ihre spitzentriebe brachten, im winter eine begehrte frischezulage zur trockenen kost, die sie sich aus dem schnee scharrten. waren die bäumchen trotzdem gewachsen, wetzten die böcke ihr gehörn am stamm und entrindeten ihn. dass trotzdem ein großer teil der neu gesetzten 1000 bäume – eine vormittagsarbeit für sven, gernot und mich – überlebte und größer wurde, ist – wie schon erwähnt - eines der unerklärlichen wunder der skandinavischen natur.

die bäume mussten wir pflanzen, weil sigwart, der leicht gestörte verkäufer, 2,4 hektar abgeerntet hatte, ohne danach aufzuforsten, wozu er damals eigentlich verpflichtet war. uns hatte er damit vertröstet, dass sich schon genügend bäume selbst aussäen würden. taten sie aber nicht. so schrieb uns drei jahre nach dem kauf thorsten, der wachsame forstinspektor einen gut lesbaren brief in deutscher sprache, wir sollten im zeitigen frühjahr etwa 3000 bis 4000 fichten pflanzen. da er den brief auf einen einfachen zettel in gutem deutsch geschrieben hatte, heftete ich ihn ab, ohne darauf zu reagieren. im sommer sprach unser nachbar sven uns an, thorsten habe ihn angerufen und gefragt, ob wir den brief erhalten hätten, den er uns geschrieben habe. offenkundig fragt man nicht so gerne direkt nach. wir übersetzten den inhalt ins schwedische, sven lachte heftig, griff zum telefon, rief thorsten an und handelte ihn auf 1500 bis 2000 setzlinge herunter. uns erzählte er, er wolle 1250 pflanzen kaufen, die wir dann im kommenden frühjahr verbuddeln wollten. gekauft hat er aber nur 1000, weil thorsten das ohnehin nicht nachzählen könne.

das pflanzen der setzlinge anfang mai des folgenden jahres dauerte von neun bis 15 uhr. die kosten für die pflanzlinge hatte mäusi, heikes mutter, übernommen, damit wir auch nach ihrem tod an sie denken, was wir ohnehin getan hätten, weil sie im laufe der jahre zu einem teil des hauses geworden war. nach der arbeit hatten gernot und ich vier oder fünf tage zeit zu tun, was uns spaß machte. das bedeutete für mich harte arbeit, denn gernot kam auf die idee, die abplatzende farbe über dem küchenherd herunterzunehmen und die zwei quadratmeter mauerwerk darüber neu zu streichen. da die farbe aber den putz zusammenhielt, kam der gleich mit runter, auch von der restlichen esse, der ehemals offenen feuerstelle, die aus naturbelassenen granitsteinen aufgemauert war. säubern, neu putzen, frisch verfugen, streichen – wir waren wohl drei tage damit ausgelastet, zumal immer wieder material gekauft werden musste. und die küche sah so aus, dass jede hausfrau schreikrämpfe bekommen hätte. wir haben sie aber wieder so hergerichtet, dass von der schweinerei nichts mehr zu sehen war. an den abenden lösten wir zur schärfung des intellekts und der kreativität kreuzworträtsel in stapeln alter zeitmagazine, ohne mogeln, ehrlich. außerdem stellten wir fest, dass im standardwerk der europäischen vögel, dem peterson, einige arten völlig fehlten: schnapsdrossel, schluckspecht und sumpfhuhn, die bordsteinschwalbe und der rohrspatz, gummiadler und pleitegeier, schnapphahn und laubenpieper, schmutzfink und dreckspatz, weihnachtsgans, flugente und suppenhuhn und viele andere. der intelligente leser und die charmante leserin mögen sie nach phantasie und neigung ergänzen.

auf dem grundstück entdeckten wir später auerhühner, einen dachs, der seinen bau hinter der scheune hatte, eichelhäher, die uns die reifen kirschen wegfraßen, spechte, die auch die masten der stromleitung mit höhlen versahen sowie große mengen von meisen und anderen singvögeln, dompfaffen, finken und zaunkönigen. die bachstelzen pickten vor allen dingen an den dichtungen der autofenster und ergötzten sich mit vorliebe am fensterkitt, den sie aus den fensterwinkeln puhlten.

anfangs nisteten auch mehrere mauerseglerpaare unter den dachpfannen des hauses, während wir nie entdeckten, wo die fledermäuse den tag verbrachten. als heike die winzige toilette im haus renovierte, flog eines der possierlichen tierchen durch das fenster und blieb etwas verwirrt am boden sitzen. damit eie nicht in den farbeimer geriet, holte Heike sofort einen porzellanschuh, der als nippes auf einem fensterbrett stand, nahm die fledermaus in die hand, bugsierte sie in den schuh und trug sie nach draußen. warum sie den schuh holte und den flattermann nicht gleich mit der hand fing und hinaustrug, konnte sie nicht erklären. vielleicht haben solche handlungsweisen etwas mit weiblicher logik tun, deren schönste beispiele kurt tucholski in seinen lottchen-geschichten dokumentiert hat.

die häufigsten tiere sind jedoch die insekten. in manchen jahren gab es wespenplagen, in anderen invasionen von stechmücken oder knott, die in norddeutschland auch gnitzen genannt werden, eigentlich aber kriebelmücken heißen, außerdem bremsen und alle möglichen anderen stech- und beißinsekten, die sowohl ein frühstück im freien, als auch einen abendspaziergang zur tortur machen können, denn die gängigen mückenschutzmittel wehren nur wenige arten ab. eine besonders starke zunahme haben wir seit ende der neunziger jahre in der zeckenpopulation festgestellt.

das häufigste insekt ist jedoch die ameise. die kleinen schwarzen bodenameisen haben alle paar meter auf der wiese eine polis, während die großen roten ihre hochbauten in größeren abständen im wald errichten. diese eigentlich nützlichen und interessanten tierchen sind aber lästig, wenn sie in größeren mengen ins haus eindringen. sie hatten uns offenbar einen dauerkrieg erklärt, der immer von neuem entbrannte. zunächst hatte gernot während seines ersten aufenthaltes gefordert, der große bau an der scheune, der bereits auf den innenraum und den ehemaligen kuhstall ausgedehnt worden war, müsse weg. also siedelten wir das volk um, wozu wir den boden 70 cm tief ausschachten mussten, und schafften insgesamt sieben schubkarren zu je 110 liter volumen in den wald. gewonnen!

denkste! da krabbelten doch immer wieder welche im haus herum. sie schienen sich unter dem betonsockel am giebeleingang eingerichtet zu haben. doch selbst mit großen mengen gift und köderfallen gelang es uns nicht, die tierchen zu vertreiben. der kampf dauerte jahre, ehe der ersehnte erfolg sich einstellte. erst als ich die veranda vor die giebelwand setzte und das mickerige regenschutzdach über der tür absägte, fiel mir aus dem hohlraum des daches das gesamte material des ameisenbaues auf den kopf. da also hatten sie gesiedelt.

ich möchte noch anfügen, dass heike einmal in begleitung ihrer mutter in älmhult ameisengift – medel mot myror – kaufen wollte, aber nach einem medel mot mormor – großmutter – fragte, worauf die verkäuferin sie mit einer mischung aus entsetzen und unverständnis anstarrte und wohl überlegte, ob sie die polizei einschalten solle, was sie aber unterließ, als heike, ihr unverständnis bemerkend, mit den fingern auf dem ladentisch krabbelbewegungen vollführte, was sie – die verkäuferin – mit der den wikingernachfahren eigenen intelligenz und kombinationsgabe schließen ließ, dass ausnahmsweise nicht die oma gemeint sein könne.

auf dem see

der see, auf dem wir gerne paddeln, heißt femlingen und ist nur klein, jedenfalls für skandinavische verhältnisse, doch immerhin so groß, dass er auf allen atlanten, die ich besitze, zu erkennen ist, auch auf dem weltatlas der national geographic society. dort wirkt er wie auch auf gewöhnlichen landkarten recht mickerig, doch wer die grüne karte betrachtet, erkennt, dass er aus drei größeren und mehr als einem halben dutzend kleinen buchten besteht, die von langen, dammähnlichen halbinseln und inselketten getrennt und mit idyllischen durchfahrten allerliebst ausgestattet sind. die dämme sind offenbar alte moränen, die der eiszeitgletscher vor einigen jahren an dieser stelle vergessen hat.

der see ist flach, im sommer warm, und voller tückischer steine, die der sich zurückziehende eiszeitgletscher verloren hat. je nach wasserstand, der bis zu einem meter variieren kann, durchbrechen sie die wasseroberfläche oder verstecken sich so tief, dass sie keine gefahr für kajak oder kanadier sind, doch gibt es immer eine anzahl, die nur so flach vom wasser überspült ist, dass man sie nicht erkennen, ihnen also auch nicht ausweichen kann, oder eben gerade sichtbar, den ausweichenden kanuten auf den etwas tiefer lauernden kollegen lenken. die bande arbeitet offenbar hervorragend zusammen.

als ich gegen zehn uhr mein boot zu wasser gelassen hatte, war der himmel scandia-blau, die luft noch kühl und windstill. doch mittags war es heiß geworden, so dass ich mich nach drei stunden gemächlichen fahrens nach einer landestelle umsah, um dort ein wenig zu rasten und zu trinken. doch selten findet man uferstreifen, an denen ein anlegen einfach ist, denn meistens versperren steine, schilf und allerlei gestrüpp die fahrt ans ufer, und selbst wenn es gelingt, einen landeplatz zu finden, der nicht von einem eingeborenen ruderboot besetzt ist, wird man vom inhalt der pandorabüchse (insekten & co) heftig belästigt. zusätzliche schwierigkeiten hatte ich wegen meines lahmen beines, das mir das ein- und aussteigen an vielen stellen schon damals unmöglich machte.

in einer durchfahrt zwischen einer insel und einer halbinsel erblickte ich eine versammlung größerer steine oder kleiner felsbrocken, die ein kleines hafenbecken bildeten, in dem ich das boot einklemmen und bequem auf einen großen stein aussteigen konnte, der eine fast ebene etwa sechs quadratmeter große platte hatte. ausgestiegen breitete ich ein handtuch aus, denn die oberfläche war rauh, fast wie frisch gebrochen, legte mir den seesack als kopfkissen zurecht, nahm einen ordentlichen zug lauwarmes wasser aus der flasche und legte mich auf den rücken, die augen schließend und gelegentlich öffnend, wenn ich den fiependen ruf des fischadlers hörte, oder wenn kanadagänse und großseetaucher über den see blökten. die sonne brannte, mein schweiß sammelte sich in der kleinen bauchmulde, floss seitlich durch rillen ab – unangenehm. also wischte ich ihn mit dem handtuch gelegentlich ab, während ich zu dösen begann. ich sollte einen spaziergang machen, dachte ich, erhob mich, prüfte die steinkette zum ufer, fand sie gangbar, stand auf, reckte mich und sprang sicher von stein zu stein.

das ufergestrüpp auf der halbinsel war schwer zu durchdringen, doch dahinter tat sich offenes land auf, denn am see hatte der eigentümer während der letzten holzernte nur einige reihen hoher stämme stehen lassen, gleichsam den schein wahrend, der wald bestünde weiter fort. war aber wie alles holz in industrieländern lediglich als holzplantage zur maximalen kapitalverwertung erhaltens- und pflegenswert.

schnell fand ich den gut gangbaren holzweg, sand und kies knirschten und knispelten unter meinen sportschuhen, die luft flimmerte, verschob einzelne baumstämme in der mitte, brach sie optisch bis zur groteske. etwas entfernt sah ich rauch aufsteigen – sollte der wald brennen? – beschleunigte meine schritte, kam ins laufen. ich konnte doch gar nicht laufen! aber ich lief und lief, und weil die quelle des rauches sich immer weiter zu entfernen schien, sprang ich in die luft, um besser sehen zu können.

die rauchsäule blieb wo sie war. also sprang ich noch höher und noch weiter hinauf – meine füße erreichten bereits die höhe der büsche – und weil ich auf dem boden laufend nur langsam vorankam, machte ich schritte in der luft, überlegend, wenn ich nur schnell genug ein bein vors andere setzte, müßte es funktionieren, dass ich ohne bodenhaftung mit hoher geschwindigkeit laufen könnte. und was dem von den römern gekreuzigten jüdischen zimmermannssohn auf dem wasser glückte, weil er wusste, wo die trittsteine lagen, was seine biographen allesamt verschwiegen haben, weil es sonst nichts übernatürliches gewesen wäre, gelang mir in der luft. ich konnte als erster mensch der geschichte durch die luft laufen, war bereits höher als die baumwipfel, unterstützte jetzt meine fortbewegung mit armschlägen, spürte, dass ich auftrieb unter die arme bekam, wagte es, mich flach in die luft zu legen, die beine nach hinten zu strecken und mit schwingenden armen fast ohne spürbaren kraftaufwand zu fliegen.

das land unter mir hatte sich verändert, sei es wirklich, oder weil die perspektive radikal anders war. wer kann schon urteilen, was objektiv oder subjektiv ist, ob die antworten nicht genau den fragen entsprechen, die wir uns stellen, die natur uns grinsend an der nase herumführt? *warum kann ich fliegen, die welt mit den augen der vögel sehen, aus einer perspektive, die eine ganz andere ist als die des paddlers, für den der rohrkolben den himmel berührt? warum kann ich fliegen, der ich doch gestern nicht einmal richtig gehen konnte?* gelinde angst überkam mich, leichte beklemmung ob des ungeheuren, das mir gelang.

ich streckte die beine nach vorne, flatterte mit den armen, nahm geschwindigkeit aus dem flug, sank auf den boden zu, landete schließlich, beine voran, einer wassernden ente ähnlich, auf einem rasen, der von blumenbeeten sowie kunstvoll beschnittenen büschen und beeten umstanden war. wo war dieser park? es war nicht der linné-park in växjö, auch nicht der golfplatz in älmhult neben der mülldeponie. dies war etwas anderes. hatten doch die büsche blätter und blüten, die ich nie vorher gesehen hatte, seltene exoten, die jemand hierher versetzt hatte. immer noch ängstlich sah ich etwas weiter palmen und bananenstauden, auch einige mandelbäume und araukarien. dann erblickte ich eine weißgekleidete gestalt, die auf mich zuging oder –schwebte.

sie näherte sich in einer bewegung, ähnlich der, die die nebel auf dem skavenasjö hatten, drehte sich um ihre senkrechte achse, schien schwerelos zu tanzen, verströmte trotz der entfernung kälte, die mir eine gänsehaut des unbehagens verursachte. *warum muss das unbekannte uns erschrecken oder ängstigen? warum können wir nicht neugierig, den kindern gleich, darauf zugehen? warum macht es uns abwehrbereit, aggressiv? hostes ist der fremde, zugleich der feind, sprachlich manifestiertes urgefühl auf der stufe des hominiden? ist nur das vertraute uns freundlich?*

die kalte nebelgestalt stülpte einen fortsatz aus ihrem oberteil, richtete ihn auf mich. ein kältepfeil verließ die spitze des fortsatzes, traf mich auf dem bauch; zugleich entfuhr einem schnabel in ihrem vogelkopf ein das universum durchdringender schrei, ein ereignis zwischen supernova und urknall, die verschmelzung zweier schwarzer löcher mit milliarden sonnenmassen... ich schreckte hoch, ehe der schrei mich zerriss, blinzelte – zunächst desorientiert – in die sonne, sah dicht über mir eine heringsmöwe, hörte den nachhall ihres schreies, sah den schnellen kotstrich, der ins wasser klatschte und spürte zugleich, dass der schweiß aus der bauchmulde durch die hautfalten abfloß. er erzeugte die eiseskälte.

sorgfältig trocknete ich mit dem handtuch den bauch-: bloß nicht verkühlen, sonst gibt es durchfall! also: handtuch auf den bauch legen, denn schon goss mir morpheus blei nicht nur in die adern, ließ es vielmehr im ganzen körper zirkulieren – plumbum in corpore et vitriol in anima – scheißkombination, aber: die übliche reaktion auf die dekontamination von großstadt, zivilisation und stress. schlaf wie tod, obwohl man hört, was um einen vorgeht; kann sich aber nicht bewegen, ist hinterher physisch erschöpft, zerschlagen, gerädert, ausgepumpt, erholungsbedürftig, denn in die halbwahrnehmung der außenwelt drängt sich kraut und rüben gleichend allerlei, was das hirn, vordergründig anderes erledigend, im hintergrund bis zu einer klarheit verarbeitet hat, die manchmal erwünscht wäre, wenn es gilt, konsistent gedanken zu entwickeln und zu formulieren.

sven elch und die philosophie

sommer in schweden: gefühle von gripsholm, smultron, blaubeeren, sonne, angenehme wärme, weiße wolken segeln bedächtig unter dem blauen himmel, blonde mädchen lachen fröhlich und unbeschwert – realität und klischee mischen sich zu untrennbarem amalgam. die realität: mücken, knott, bremsen, zecken, wespen, blinknapps, ameisen fallen über alle zweibeinigen säuger her. doch wer sich um die stech- und beißinsekten nicht kümmert, der kann am haus in den tag träumen und dabei dachse und füchse, auerhühner und kolkraben, rehe und elche treffen. und wenn er die fähigkeit zu träumen aus seiner kindheit bewahrt hat, reden sie vielleicht sogar mit ihm.

elche sehen zwar wegen ihre überlappenden oberlippe (überlippender oberlappen?) wie dümmliche snus-konsumenten aus, doch täuscht dieser optische eindruck, eine art tarnung, die sie mit ihrem übrigen verhalten oberflächlich unterstreichen, weil sie ihre fähigkeiten gerne verbergen. mühsam durchs gelände hinter der scheune humpelnd – die könnte oben am giebel mal wieder etwas farbe vertragen! – entdeckte ich mehrere haufen von elchkot, alte, gut getrocknete rotationsellipsoide, eichelgroß-: könnte man was draus basteln, müssen ja keine ohrgehänge sein. steckte eine handvoll von ihnen in die jackentasche.

aus der bücke mich aufrichtend – die knie knirschten und die muskeln protestierten mit streikdrohung, wie es eben so ist, wenn man das erste halbe jahrhundert seit längerem überschritten hat – erblickte ich schräg über mir den langen kopf eines elchbullen, der mich arrogant-amüsiert grinsend offenbar länger beobachtet hatte.

„oh gott, ein elch!", entfuhr mir die schreckreaktion, vergessend, dass ich als erklärter atheist den namen eines virtuellen wesens, dem einige menschen allmachtgüteweisheit zuschreiben, prinzipiell nicht verwendete. geht schließlich auch ohne ihn, mit sicherheit sogar besser, weil eine der üblichen kriegsursachen entfällt.

„bei thor, ein mensch", äffte der elch mich verspottend nach, bewegte den kopf mit dem gewaltigen geweih auf und ab, was wegen der langsamkeit der bewegung wie ein bestätigendes nicken wirkte.

für einige sekunden erstarrte ich, produzierte gänsehaut, probierte zugleich gedanklich die interdependenzen von imagination und realität durch, kam zu keinem schluss und sagte mehr für mich als zum elche: „aber elche können doch gar nicht sprechen".

„nicht nur das", belustigte sich der elch die oberlippe kräuselnd, was ihn noch dämlicher aussehen ließ, „wir können auch denken, und zwar konsequenter und stringenter als die hominide majorität!"

„wie das?", stotterte ich, „kaum ein elch wird doch älter als sechs jahre. jeden oktober wird doch ein drittel oder viertel von euch geschossen. es ist doch schlicht unmöglich, in dieser kurzen zeit so komplexe verhaltensweisen zu lernen."

„das sind zwei fragen in einem satz, den du als aussage formuliert hast. das ist gedanklich unsauber", sagte klar und deutlich das hochbeinige tier. „wir werden gejagt, erschossen und gegessen, was ein ziemlich inhumanes und unzivilisiertes verhalten deiner artgenossen ist, herr mensch, denn die fähigkeit zu denken und zu sprechen ist bei uns schon mit der geburt voll entwickelt, während ihr menschen das sprechen erst mühsam lernen müßt, was die meisten nur sehr unvollkommen können, denken aber meist überhaupt nicht lernen. bestätigung oder protest meiner proposition würden in jedem fall auf einem zirkelschluss beruhen. kannst du mir folgen, herr mensch?"

„im moment nicht so ganz, ich werde darüber nachdenken müssen. – übrigens, nenn mich doch einfach lutz, das ist doch viel einfacher."

„lutz", murmelte der elch, „lutz ist kein schwedischer name. gut, lutz, ich heiße sven, wie alle männlichen elche. denn ein einheitlicher name für alle fördert die nichtunterscheidung des unterscheidbaren. übrigens, lutz, du solltest vor- statt nach-denken. es fördert die konsistenz der rede und auch die konsequenz des handelns."

„mein lieber elch sven", begann ich vorsichtig, „selbst wenn du recht hättest, wäre das doch ziemlich arrogant."

„wenn schon," entgegnete sven, der elch. „ich will dir jetzt etwas über vor- und nachdenken, vorsicht und nachsicht erzählen".

„aber das kannst du doch nicht vermischen..."

„ruhe!", röhrte sven elch walddurchdringend und fuhr dann in normaler tonlage fort: „ich sagte dir doch schon, dass wir die nichtunterscheidung des unterscheidbaren lieben. da du, wie ich weiß, probleme hast, abstrakt zu denken, will ich dir ein beispiel erzählen. also-: die menschen stellen an den großen straßen schilder auf, die anzeigen, dass hier elche die straße überqueren könnten. als ob wir gefährliche raubtiere seien. lächerlich! aber da die menschen offenbar eine gefahr in uns sehen, haben wir in den letzten 20 generationen ein spiel entwickelt und bis zur perfektion getrieben, das so geht: einer von uns stellt sich in der dämmerung gut getarnt einige 100 meter hinter dem schild auf. die anderen beobachten versteckt diesen straßenabschnitt. wenn sich von beiden seiten ein auto nähert, was ja gut an den scheinwerfern zu erkennen ist, dann überquert er die straße möglichst so, dass beide fahrer hart bremsen müssen und die kontrolle über ihre autos verlieren. im idealfall krachen sie zusammen und verbrennen. ein erhebendes schauspiel."

„aber... das ist doch gefährlich auch für euch", stammelte ich, weil ich den elchbullen nicht reizen und sagen wollte, dass ich das für mord, günstigstenfalls für totschlag hielt. außerdem wog er mindestens eine halbe tonne und hätte mich mit einem hufschlag töten können.

„gefährlich? nicht für uns, denn wir wissen genau, wann wir losrennen müssen, um nicht unter die räder zu kommen. und in den letzten fünf jahren hat es auf unserer seite, jedenfalls so weit ich die geschichte kenne, nicht einen verletzten gegeben. die menschen aber sind absolut dumm, denn sie achten nach solch einem warnschild weniger auf die straße und den verkehr, sondern gucken in die landschaft, um einen von uns zu sehen. und weil uns das unser vergnügen erleichtert, halten wir uns überwiegend an die schilder."

„findest du das nicht kriminell?", entfuhr es mir spontan.

„kriminell?", sven elch zog die oberlippe hoch und entblößte seine kräftigen zähne, mit denen er eine bis zu vier zentimeter dicke kiefer abbeißen konnte. „so lange wir gegen eure gewehre mit laserzielfernrohren nur unsere intelligenz einsetzen können, vermag ich das überhaupt nicht nachzuvollziehen."

ich hatte so lange still auf einem fleck gestanden, dass mein lahmes bein anfing zu schmerzen, schloss die augen, um dem spuk ein ende zu machen, doch als ich nach sekunden die augen wieder öffnete, sah ich erneut in das spöttische gesicht von sven elch, der mir arrogant erklärte: „es nützt dir nichts, mensch lutz, die augen vor der wirklichkeit zu schließen: die welt ist da, sie existiert als veränderliche realität, auch wenn du sie nicht wahrnimmst".

„für mich existiert nur, was ich wahrnehme", erwiderte ich verstockt.

„ach ja", höhnte sven elch, „wenn ich dich weder sehe noch höre noch rieche, dann existierst du nicht? und für dich sollte das gleiche gelten, so dass jeder von uns je seine eigene welt hätte?"

„genau!" der überzeugend wirkende tonfall sollte unsicherheit verbergen.

sven elch brachte trotz seines langen gesichts ein breites grinsen auf seine lippen: „also, wenn ich dich korrekt interpretiere, meinst du, der grund für die existenz der welt liege in dir und deiner produktiven imagination dessen, was du als welt wahrnimmst. wo bist aber du, wenn die welt nur in dir existiert? nein, mein guter, denn dann gäbe es mindestens so viele welten wie individuen. die selbstwidersprüchlichkeit deiner, hm – idiotischen – gedankenkonstruktion sollte dir doch mehr als deutlich sein."

„entschuldige, sven elch", zog ich zurück, „so war es nicht gemeint."

„dann musst du klar sagen, was du meinst. denn alles, was man sagen kann, kann man klar sagen, und: worüber man nicht reden kann, darüber muss man schweigen. und im übrigen akzeptieren wir elche das prinzip der nichtunterscheidung des unterscheidbaren nur, weil wir spaß daran haben."

„wie an den autocrashs?"

„ja, und an den anderen spielchen, die wir gerne mit den menschen spielen."

„magst du mir ein weiteres beispiel erzählen?", fragte ich betont höflich.

„gerne", sagte sven elch, „das sollst du haben. die menschen wollen gerne im voraus wissen, wie die zukunft wird, damit sie vorsorge treffen können. das gilt aber merkwürdigerweise keineswegs für die ereignisse, die sie selbst beeinflussen – in diesen fällen sind sie nach/fahrlässig und nicht in der lage, gezielt zu handeln und aus fehlern zu lernen - , sondern ausschließlich für prozesse, die sie nicht steuern können-: diese sind wie sie sind, aber so gut wie nicht prognostizierbar, weil, wie wir elche wissen, die welt nicht linear ist. beispiel: im frühsommer wüßten die menschen gerne wie der kommende winter wird. deswegen suchen sie nach vorzeichen, um ihren holzvorrat für den winter richtig zu dimensionieren. da es objektiv aber keine vorzeichen gibt, haben wir zusammen mit den eichhörnchen und gänsen ein doppelpassspiel vereinbart. wenn wir elche ab dem frühsommer besonders viel fressen, weil wir speck für den langen winter benötigen, beobachten uns die eichhörnchen und sammeln mehr samen als sie benötigen und verstecken sie in der nähe der häuser, von wo aus die menschen sie gerne beobachten, weil sie die kleinen räuber und mörder soooooo possierlich finden. und dann läuft folgendes ab:

eric: „es wird wohl nen langen winter geben."
rune: „sieht so aus. die eichhörnchen haben schon begonnen, so viele samen zu sammeln, wie ich es so früh noch nie gesehen habe."
malte: „ich denke eher an die elche. die haben sich schon viel speck angefressen, und die eichen haben viel frucht angesetzt."
eric: „wenn das zusammentrifft, wird's meist ganz schlimm. auch die ebereschen haben extrem angesetzt. ich denke, ich sollte noch zwei zusätzliche fuhren holz machen."
leif: „und die gänse fliegen auch schon, üben für die reise nach süden. der winter kommt bestimmt sehr früh."
malte: „dann sollten wir noch schnell birken fällen, damit das holz zum winter trocken wird. skål.
alle: „skål". trinken bedächtig ihren schnaps.
der junge stefan kommt zu den vier alten: „hej zusammen."
die alten: „hej stefan."
stefan: „was gibt's neues? geht's um autos, häuser, geld, die jagd oder alles?"
malte: „nichts davon. der kommende winter macht uns sorgen."
stefan lacht ausführlich: „jetzt, einen monat nach mittsommer?"
malte kratzt sich am hinterkopf, rückt die mütze wieder zurecht: „naja, die zeichen sagen es. aber davon versteht die jugend nichts."
stefan, süffisant grinsend: „natürlich nicht, wir verstehen nur etwas von computern und zahlen. aber was vorzeichen so alles bedeuten können, will ich euch mal erzählen: vor ein paar jahren, also im mittelalter, genauer: in der mitte des 13. jahrunderts wurden in deutschland starke polarlichter gesehen. das führte zu gewaltiger angst, teilweise

68

auch zu panik in der bevölkerung. das steht in einem buch, das ich mir neulich ausgeliehen habe.

kerl: „habt ihr das feuer am himmel gesehen? erst war es grün wie die wiese,
dann gelb geflammt, und dann, gott hilf mir, rot wie das blut eines frisch ge-
schlachteten schweins."
bauer: „das bedeutet unglück. die pest wird kommen und uns alle umbrin-
gen."
bäurin: „nein, nein. das wird viel schlimmer. es ist das zeichen für sodom
und gomorrha. feuer wird vom himmel fallen und uns alle verbrennen, unser vieh, unsere häuser, dich und mich."
bauer: „gott hilf uns armen sündern, die wir unsere seele verkauft haben um
ein brot und ein fass kohl. herr, sei uns gnädig, die wir am sonntag gearbeitet
haben, weil der hunger uns deine gebote vergessen ließ!"
ein mönch, barhäuptig und -füßig rennt herzu: „in den staub mit euch, die
mäuler in den staub! gott der herr ist groß und will euch alle strafen, ihr erz-
sünder. habt ihr den brennenden himmel gesehen? das ist das ende der welt!
das jüngste gericht steht bevor! tuet buße, bereut eure sünden und entrichtet
gefälligst den zehnten für das kommende jahr!"
kerl, leise für sich: „ach, daher weht der wind."
mönch: „der bischof hat eine bittprozession angeordnet, denn nur so kann
das drohende unheil abgewendet werden. herr, erbarme dich unser. uner-
messlich ist deine gnade."
kerl, sich aufrichtend, selbstbewußt: „ja wie hätten wirs denn gerne? will er
strafen oder vergeben, dein herr?"
mönch, kreischend: "ein ketzer, ein ketzer! in den kerker mit ihm! foltert ihn
bis er gesteht! in den kerker mit ihm, dass die ratten ihm augen und zunge
wegfressen! verdorren soll sein fleisch, und im fegefeuer schmoren seine ver-
derbte seele."
polizeimönche in gelben kutten rennen herbei, fesseln den kerl mit starken
stricken, brabbeln om mani padme hum vor sich hin, drehen ihn als gebets-
mühle, bis er schwindlig wird und schleppen ihn fort.
bäuerin: „was war das? träume ich? he, mönch, wer bist du? – hilfe, er ist
des satans bruder! zu hilfe, nachbarn! der satan hat sich als mönch verkleidet. so helft uns doch!"
die nachbarn eilen herbei, der mönch, die situation richtig einschätzend,
greift unter seine kutte, holt mit der linken hand etwas pulver aus einem
säckchen, wirft es in die luft und verschwindet in einer stinkenden, gelben
wolke.

die nachbarn im chor: „das war der satan! gott steh uns bei."
bäuerin: „der rote himmel letzte nacht. das bedeutet krieg, pest, weltunter-
gang und aids!"
bauer leise zur bäuerin: „was ist aids?"
bäuerin: „ich weiß nicht, es kam mir gerade in den sinn. aber es ist etwas
ganz schreckliches."
die nachbarn: „der satan, wo ist der satan? ihm nach! wir wollen ihn verbrennen und ersäufen!"
sie entzünden fackeln, rennen durchs dorf, suchen den satansmöch, legen
feuer in alle ställe und häuser, brennen das ganze dorf ab.

stefan: „so erfüllen sich prophezeiungen-: die welt
steht noch, die pest kam nicht im folgenden jahr,
aber die leute hatten ihre existenz vernichtet. das
feuer war nicht vom himmel gefallen, sondern von
ihnen selbst gelegt. also was ist mit euren vorzeichen?"
malte: „stefan, du bist ein kluger mensch, aber
vom leben verstehst du nichts, denn selbst wenn
die vorzeichen falsch sind, kann es doch nicht
schaden, wenn wir vorsorglich etwas mehr holz ein-
lagern. es ist immer gut, holz im schuppen zu haben. also verpiss dich."

ich hatte während der ausführungen konzentriert auf den boden gesehen, hob jetzt den kopf, fragte: „und was willst du damit beweisen,
sven elch?" aber weit und breit war kein elch zu sehen. doch dort,
wo er gestanden hatte, zwei schritte vor mir, lag frische losung, die
noch warm war, wie ich bemerkte, als ich den handrücken prüfend
darauf legte.

wir bauen eine veranda

am südgiebel des hauses, also am kücheneingang, befinden sich die besten plätze, um im freien zu frühstücken oder nahrung zu anderen tageszeiten aufnehmen, weil dort fast immer die sonne scheint, vorausgesetzt es ist nicht nacht oder bewölkter himmel oder es regnet in strömen. doch außer dem zementtritt, von dem der klostuhl gepurzelt war, und einem knapp 1,5 meter breiten kiesweg, der permanent gegen den wilden phlox verteidigt werden musste, gabs, als wir das haus übernahmen, kaum eine möglichkeit, gemütlich im freien zu sitzen. heike quengelte und drängelte, ließ ihren gesamten charm bei ove wirken, doch der wehrte mit fadenscheinigen gründen ab, zumal wir auch noch einen eingang und den ausbau des daches gerne von ihm erledigt haben wollten. immer hatte er andere aufträge und vertröstete uns mit leicht gequältem ausdruck. also wälzte ich pläne für den bau einer veranda, sah mir an, wie andere gebaut waren, merkte mir konstruktionsmerkmale und berechnete, wieviel bretter, latten und balken ich wohl benötigte.

„das holz musst du nicht kaufen", meinte sven, als ich den plan mit ihm erörterte, „du hast doch genug eigene bäume. im winter fällen wir ein paar und dann schneiden wir das im sommer im sägewerk zurecht."

im winter aber konnte sven sich nicht richtig bewegen, weil er starke schmerzen in der hüfte hatte, so dass ich ihn nicht an sein versprechen erinnerte. er hätte es nicht halten können. im frühsommer fuhr ich statt dessen zu magnus, der in knoxhult ein sägewerk betreibt und gab ihm meine bestellung. da ich das holz nicht selbst abholen konnte, übernahm sven den transport, lud seinen hänger hinter dem trecker voll, stellte ihn mir vors haus und erklärte, er brauche ihn nicht, das holz könne darauf liegen bleiben, bis ich fertig sei. also frisch ans werk, denn die betonfundamente hatte ich schon im jahr zuvor geschüttet, wobei ich pappröhren mit einem durchmesser von 20 zentimetern als verlorene schalung benutzte. aber auch heimwerker sollten immer zuerst messen, sollten darauf achten, dass die rechten winkel wirklich als rechte winkel gesetzt werden und fluchtli-

71

nien stimmen. das hatte ich vor lauter tatendrang übersehen. heimwerkerschicksal.

also legte ich zunächst die grundbalken, nagelte die querbalken für den fußboden ein, befestigte die entsprechenden senkrechten hölzer sowie das eine widerlager für das dach am haus und machte mich dann an die konstruktion des aufbaus für das dach, eine für mich äußerst diffizile und schwierige aufgabe, an der ich hin und wieder zu verzweifeln drohte, weil ich in vielen situationen offenbar mindestens **eine** hand zu wenig hatte. immer wieder erwies es sich als extrem schwierig, einen stützbalken zugleich festzuhalten und provisorisch ein haltebrett anzunageln, damit der balken wenigstens nicht sofort wieder in die waagerechte fiel, sondern eine annähernd aufrechte stellung behielt. aber irgendwie schaffte ich es, den bau so weit zu bekommen, dass sowohl das ziel der arbeit erkennbar war, als auch die hölzer freiwillig in ihrer vorgesehenen stellung blieben. als das gerippe stand kam der erwartete besuch aus köpenick in alekull an:

monika und werner

mit ihren beiden söhnen mario und marko. monika ist eine cousine um drei ecken, zu deren mutter meine mutter immer kontakt gehalten hatte. 1989/90 nach dem fall der innerdeutschen grenze hatten wir uns gegenseitig besucht und sie nach schweden eingeladen, um ihnen einen preiswerten urlaub zu ermöglichen. als sie in alekull ankamen, klappte mir fast der unterkiefer runter: der alte wartburg hatte sich in eine sechs-zylinder-luxuskarosse verwandelt. heike ihrerseits bemerkte sofort, dass alle familienmitglieder sich mit neuen designerklamotten vom feinsten ausstaffiert hatten. da ich ihnen vorher gesagt hatte, alte jeans und gummistiefel seien angesagt, fiel unsere begrüßung wohl etwas kühl aus. mäusi, heikes mutter, die fast immer mit uns in alekull war, sagte gar nichts und dachte sich ihren teil, den sie später mal ganz vorsichtig und zurückhaltend in worte fasste. während werner sich als hervorragender kumpel erwies, zu dem ich sofort ein herzliches verhältnis entwickelte, ließ monika das luxusweibchen heraus: sie zickte im haushalt, an dem sich unsere gäste immer wie selbstverständlich unaufgefordert beteiligt haben, führte bei jedem sonnenstrahl ihren minibikini auf stilettos stolzierend am haus spazieren und benahm sich wenig an die umgebung angepasst. trotzdem wollten wir ihnen eine der wenigen attraktionen bieten, die das landleben in kronobergs län zu bieten hat, und fuhren mit ihnen zu einer auktion in ryd. doch an einer straßeneinmündung, stoppte ich noch einmal ab, nachdem ich angefahren war, weil noch ein auto herankam. monika reagierte offenbar falsch, drückte aufs gaspedal statt auf die bremse und knallte voll hinten in unseren taiga-porsche (=lada-kombi). während unser t 34-derivat nicht einmal eine schramme hatte, war monikas senator ziemlich demoliert: ein kompletter scheinwerfer musste ausgewechselt werden, und die umgebenden bleche sahen auch ziemlich zerknittert aus. außerdem war ich nach dem bumms in befreiendes lachen ausgebrochen, weil wir nur sachschaden hatten. dieses lachen wurde wohl als schadenfreude missverstanden, was zusätzlich dazu beitrug, dass die auktion weder ihnen noch uns einen erhöhten genuss verschaffte.

beschaffung und einbau eines neuen scheinwerfers erwiesen sich in der zur verfügung stehenden zeit als unmöglich, denn selbst die große opel-werkstatt in älmhult veranschlagte für die beschaffung der ersatzteile mindestens 10 – 14 tage. da auch sonst die stimmung unter uns nicht besonders harmonisch war, reisten sie einen tag später wieder ab. an dieser stelle möchte ich dem inzwischen leider gestorbenen werner meinen dank sagen für die hilfe, die er mir beim bau der terasse geleistet hat.

einige tage nach der abreise kam unsere tochter susanne, deren freundin abgesagt hatte, alleine. ich integrierte sie etwas in den verandabau. wir strichen gemeinsam bretter für die reling und den boden und nagelten sie an. dabei versuchte ich den rat unseres freundes sven umzusetzen, den hammer mit beiden händen zu halten, damit ich mir nicht erneut auf den daumen schlage. susi aber lehnte es kategorisch ab, den nagel zu halten, während ich ihn einschlug. schade.

die überraschung aber kam bei der verlegung der wellblechplatten des daches, bei der mich sven tatkräftig unterstützte. ich hatte das blech bei leif gekauft und die oberseite rot gestrichen, dabei aber nicht darauf geachtet, dass die eine seite grau, die andere weiß war. heike hatte zwar heftig gefordert, ich solle immer die gleiche seite streichen, aber ich hatte nicht begriffen, dass sie die farbe meinte und überlegen geantwortet, das sei ja nun egal, welche seite ich streiche. so sind jetzt zwei fünftel des daches unterwärts weiß, drei fünftel grau. man gewöhnt sich daran.

das eigentliche decken verlief problemlos, abgesehen davon, dass sowohl sven als auch ich je einmal mit dem nagel die latte verfehlten und ein überflüssiges loch produzierten, das wir aber ausflickten. doch die letzte platte, die an der östlichen traufseite gelegt wurde, wollte partout nicht passen. es stellte sich heraus, dass ich etwa 15 cm auf 2,50 meter länge aus der flucht geraten war, glücklicherweise nach innen, so dass das dach an der ecke lediglich überstand. andersrum hätten 15 cm gefehlt, und das wäre ein richtiges probem gewesen. man sollte lieber doch zweimal hinsehen und messen, statt sich auf sein gutes auge zu verlassen, vor allem wenn man wie ich brillenträger ist.

nach der fertigstellung der veranda erklärte ove, nachbar und bautischler, sich endlich bereit, auf der rückseite einen giebel mit fenster einzubauen, dazu einen schicken haupteingang mit bänken. außerdem wollte er das dach neu decken. wir vermuten, dass er das nur deswegen zusagte, weil er sah, dass ich auch bereit war, handwerkliche arbeiten allein durchzuziehen, so schwer mir das auch wegen meiner behinderungen fiel. er hatte dann sogar versprochen, dass alles fertig sei, wenn wir im sommer kämen.

das war natürlich nicht so, denn als wir kurz nach mittsommer abends ankamen, stand ein trecker vor der tür, und der ausbau war keineswegs fertig. am nächsten morgen um punkt acht uhr fing der trecker an zu röhren und es rummelte auf dem dach. es waren aber keine trolle, auch nicht der klabautermann, der sich an land verirrt hatte, sondern ove mit einem helfer, die das dach erneuerten, wobei sie die alten pfannen zunächst in die ladeschaufel des trecker warfen und wegfuhren, dann die schaufel mit neuen pfannen beluden und auf dachhöhe hochfuhren um von dort aus die pfannen zu verlegen. neue kehlbleche, rinnen und fallrohre, der sanierte schornsteinkopf sowie einige sinnvolle verbesserungen rundeten die arbeiten ab. für mich blieb übrig, alles neu zu streichen. und das war nicht wenig.

die große holzaktion

die große holzaktion zog sich über viele jahre hin und begann wie
alle großen ereignisse der weltgeschichte ganz klein und scheinbar
harmlos. im sommer 1998 musste ich aus dringenden gründen in
hamburg sein, so dass heike, unsere freundin uschi, sowie gernot
und ursel das haus ganz allein in ihrer gewalt hatten, was mir zu den
schlimmsten befürchtungen anlass gab, denn gernot litt unter einem
heftigen bausyndrom und war vielleicht auf den gedanken gekommen, den grundriss des hauses radikal umzugestalten. das tat er
zwar nicht, aber er schnitt die drei stämme der verbuschten buche
vor dem nordgiebel auf etwa 1,20 meter höhe ab, weil die zweige immer wieder in die elektrische zuleitung wuchsen.
damit wars im kachelofenzimmer wesentlich heller geworden, wie ich
bei meinem nächsten besuch, den ich zum krafttanken brauchte, er-
freut feststellte. der blick aus diesem und dem nach osten gerichten
küchenfenster zeigte mir dann: **wir wachsen zu**! als erstes schnitt
ich eine kleine fichte mitten auf der wiese ab, stellte hinterher fest,
dass das bäumchen bereits viereinhalb meter hoch gewachsen war.
es folgte eine breite fichte am weg, die bereits 20 cm stammdurch-
messer aufwies und unglaublich viele äste besaß, sowie eine kugel-
förmige kiefer neben dem brunnen. und dann sah ich alle die bäume,
die völlig ohne genehmigung die wiesen zu erobern anfingen, die
scheune eingekreist hatten und zu überwuchern begannen und mit
ihren ästen drohend über dem dach wedelten.
sie behinderten die freie aussicht vom haus ebenso wie ahorn und
birken mitten auf der wiese an der elektrischen leitung nach bastekulla, bündel von ahornstämmen direkt an der scheune, ein doppel-
stämmiger großahorn neben dem holzschuppen, vor allem aber dutzende von aspen, vogelbeerbäumen und ahörnern, die vom steinwall
aus vormarschierend bereits einen bis zu sechs meter breiten strei-
fen der wiese erobert hatten. unterstützt wurden sie von mehr als einem dutzend wildapfelbäume. die zweige kamen auf und hinter den
steinwall, die stämme holte sven mit trecker, transportwagen und
kran zur scheune hinauf, fuhr auch mal mit dem vorderrad auf seine

säge, was aber beide ohne schaden überstanden. merkwürdigerweise hatte ich das wachstum der bäume in den jahren vorher nicht bemerkt, obwohl sie mindestens fünf meter in die höhe gewachsen waren und teilweise veritable stämme von mehr als 20 zentimeter durchmesser entwickelt hatten.

dann entdeckte heike im winter viele kleine buchen hinter dem steinwall, die kinder einer sehr alten solitärbuche, die der sich ausbreitenden primärbewaldung von ahorn, aspen, birken, vogelbeeren und fichten trotzte. daraus resultierte unser programm der renaturierung eines etwa 100 meter langen und 30 bis 40 meter breiten streifens, der auf der karte als wiese ausgewiesen ist, also nicht forstwirtschaftlich genutzt werden musste. renaturierung heißt in diesem fall förderung des aufbaus eines naturnahen waldes aus buchen und eichen, wie man sie einige kilometer von unserem haus entfernt am åsnen noch findet. also wurden immer wieder lichtraubende fichten bis zu zehn meter höhe, kleinere und größere birken und viele dutzend dünne aber sehr hohe laubholzstangen herausgeschnitten. dazu fast gestorbene wildapfelbäume, unter deren total verwilderten kronen auch bei strahlendem sonnenschein dämmerung herrschte.

die arbeiten waren noch keineswegs beendet, als heike ihren blick nach südwesten richtete und feststellte, dass sie die verborgen stehende fliederhecke, die im juni sehr schön blüht, kaum sehen könne. damit war das nächste holzprogramm aufgelegt, das 2004 vorläufig abgeschlossen war, nachdem ungefähr fünf dutzend ahörner aller stärken von 5 bis 40 zentimeter in dieser richtung zu brennholz verarbeitet worden waren. im frühjahr 2002 kam noch eine riesige salweide dazu, die der orkan vom 21. januar auf die wiese hinter der scheune geworfen hatte. im winter 2002 hatte der schnee eine weitere salweide auf dem gleichen steinhaufen gebrochen.

nachdem sie mit mühe bei temperaturen um -10°C – also t-shirt-wetter – zerlegt war, fällte ich kurzerhand die übrigen stämme am und um den steinhaufen. es müssen so um die 15 bis 18 stück gewesen sein. da karsten, susis damaliger freund, geäußert hatte, er würde ganz gerne mal einen baum fällen, wies ich ihm eine passend gekrümmte birke an, die viel zu dicht hinter der scheune stand. als typischer kopfarbeiter hatte karsten auch noch einige gramm übergewicht, so dass er schon während des abschneidens – ein vorgang von höchstens 2 minuten – so sehr ins schwitzen geriet, dass sich auf dem schnee von seinem gefrierenden schweiß glatteis bildete, das akut mit asche abgestumpft werden musste. ganz tapfer zerlegte er noch ein wenig vom baum und schaffte auch einige klötze etwa 16m zum holzplatz, doch dann war schluss-: jetzt mussten dutzende von gummibärchen zu seiner stärkung das leben lassen. in diesem winter schafften heike, susi und karsten einen teil des holzes zum lagerplatz, den rest übernahm ich im frühjahr, in dem ich auch einige größere ahornbäume etwas weiter entfernt fällte, was teilweise den einsatz meiner gesamten intelligenz erforderte. und? wo isse jetzt?

die ganz große holzaktion fand jedoch im sommer 2000 statt: das haus war voll mit heike und mir, uschi, sowie gernot und ursel, die am 20. juli gekommen waren. am 24. Juli erschienen hänschen, uschis ex-mann und ihr gemeinsamer sohn marco auf ihren motorrädern. sie waren auf einer tour durch südschweden und wollten eine nacht bei uns bleiben, auch um das haus kennen zu lernen. uschi hatte zur bedingung gemacht, sie müssten einen baum fällen, gleichsam als bezahlung für das quartier.

am morgen nach ihrer ankunft frühstückten wir zunächst ausführlich. dann zwängte sich marco, der einen kopf größer ist als ich, in meinen overall und mein altes klettergeschirr, begann die birke zu ersteigen, die fünf meter vom haus zwischen diesem und der scheune schatten werfend und die dachrinnen der vorderseite mit laub und samen füllend stand. in schwindelerregender höhe begann er äste abzusägen, kappte die spitze und hatte in weniger als einer halben stunde einen kahlen mast geschaffen, der dann mit dem alten bergseil in die am wenigsten gefährliche richtung gezogen wurde. den etwa einen meter hohen stumpf des 51 cm dicken baumes habe ich später abgesägt und einen neuen hauklotz daraus gewonnen.

ehe ich mich richtig umgesehen hatte, war marco bereits auf die birke an der rückseite des hauses geklettert, die keine drei meter von diesem entfernt im spitzen winkel der elektrischen leitungen eine für das fällen extrem kritische position gewählt hatte, während vater hans in den kandelaber-ahorn vorm küchenfenster geklettert war — das war genau der, der vor einem jahrzehnt seine wurzeln in den ablauf entsandt hatte - und mit der bügelsäge den baum von oben abbaute. zum zusehen verbannt erkannte ich, dass der gerade in arbeit befindliche ast ein offenes fenster im 1. stock treffen und abreißen würde. keine katastrophe, aber es würde ein problem geben, dessen lösung mit erheblichem zeitaufwand verbunden sein würde. also rauf, fenster schließen! sekunden später fiel der ast, streifte mit zweigen und laub das jetzt geschlossene fenster, richtete aber keinen schaden an. auch diese beiden stämme fielen so, dass sie weder leitungen noch haus tangierten.

während ich der meinung war, das sei nun wirklich genug arbeit für einen tag aufenthalt, trieb uschi ihre männer wie ein sklaventreiber an: „los, los. den ahorn am weg könnt ihr doch auch noch eben wegnehmen. der wirft so viel schatten auf heikes beet." der ahorn bestand aus zwei stämmen mit jeweils 59 zentimeter durchmesser. der eine hatte sein gewicht in richtung veranda, die er bei freiem fall zerstört hätte. also wurden zunächst die entsprechenden äste abgeknipst, die es auch schon auf 20 zentimeter stärke brachten. und dann gelang mit hilfe einer neuen sägekette das kunststück, mit einer zu kleinen säge, zu geringer motorleistung – ich hatte statt des originalen 13-zoll-schwertes ein 15-zoll-schwert gekauft – die kolosse zu fällen. während der erste wie berechnet vorschriftsmäßig auf die wiese fiel, legte sich der andere schräg über den weg und hatte sich mit seiner krone im stangenholz verfangen, so dass einzelne äste unter extremer spannung standen.

bereits während der fällaktion hatten die frauen begonnen, äste gut 40 meter quer über die wiese zu schleifen und platzsparend für die verrottung am und auf dem steinwall zu stapeln. eine wirklich mühselige arbeit, die besonders ursel körperlich fast überforderte, doch sie biss die zähne zusammen und machte tapfer und klaglos mit. einerseits empfand ich mitleid mit ihr, andererseits bewunderte ich ihren verbissenen einsatz. gernot, mit einem unübertreffbaren ordnungssinn ausgestattet, hatte ein lager für die noch nicht zerteilten etwa ein meter langen aststücke gebaut, das im laufe von monaten zehn meter lang und bis zu eineinhalb meter hoch wurde.

unpassenderweise platzte magnus, der sägewerker, mit einer fuhre bretter, mit der wir eine neue decke über dem viehstall legen wollten, mitten in die arbeiten. wir luden ab, magnus führ nach hause, und wir begannen, die bretter – doppelseitig gehobelt, mit nut und feder ausgestattet und 27 millimeter stark - in der scheune aufzustapeln, immer schön übereinander. da fuhr unser gernot wie ein ausgeflipptes rumpelstilzchen dazwischen: die bretter müssten nach länge sortiert werden, weil es dann viel leichter sei, sie zu verarbeiten. nachdem wir uns von dem donnerwetter erholt hatten, versuchten wir zu viert, seinen anweisungen zu folgen – der meister hatte zu denken - , was aber aus platzgründen unmöglich war, denn es waren mindestens sechs verschiedene längen. vor der verlegung des bodens auf dem alten gebälk zimmerte gernot eine stabile treppe nach oben, hob mit hilfe des wagenhebers und mehrerer pfund gehirnschmalz einen durchhängenden balken um zwei zentimeter und setzte eine neue stütze. nach der verlegung der dielen zimmerte er eine ebenso praktische wie stabile werkbank in den ehemaligen kuhstall, der seitdem „werkstatt" heißt.

die aufräumarbeiten sollten sehr lange dauern, vor allem, weil ich immer nur kurze zeit und sehr langsam arbeiten konnte. am 26. Juli fuhren hans und marco ihrer wege, während gernot und ich uns daran machten, den über den weg gestürzten großahorn abzubauen und zu zerlegen, wobei sich die arbeit an den unter spannung stehenden ästen als ebenso gefährlich wie kompliziert erwies und das gesamte gehirnschmalz von uns beiden beanspruchte. schließlich hatte jeder von uns nur einen kopf, den er gerne an gewohnter stelle behalten wollte. trotzdem hatten wir den stamm bis zum frühen nachmittag zerlegt.

gernot hatte mit seiner immer noch bemerkenswerten kraft die nicht transportablen scheiben mit keilen und schwerer axt in handliche viertel zu zerlegen begonnen. den gesamten restlichen sommer war ich mit holzarbeiten ganz gut ausgelastet, machte aber auch noch viele andere dinge. mitte august holte sven nochmal eine ganze fuhre holz vom steinwall nach oben, es war natürlich noch nicht das ende der gesamten aktion, denn dutzende von wild wachsenden bäumen, die niemand eingeladen hatte ausgerechnet an dieser stelle zu wachsen, fielen der säge zum opfer und wurden regelgerecht zu brennholz verarbeitet. wahrscheinlich wird die aktion so lange dauern, wie ich noch die säge halten und bedienen kann.

im jahr 2003 hatte ich einen beachlichen brennholzwurfkegel von 18 kubikmetern rauminhalt teils mit der axt, teils mit svens hydraulischem spaltkeil produziert. da der holzschuppen bereits übervoll war, fuhr ich das trockene holz in die zu diesem zweck aufgeräumte scheune, wozu ich 166 mal die 110 liter fassende karre füllte, in die scheune fuhr und dort das holz kunstvoll stapelte.

2003 beteiligten sich rainer boda und sein freund und kumpel sven mit hingabe an den arbeiten und schafften im wäldchen am flieder, in dem ich auch schon gearbeitet hatte, richtig luft. hänschen musste sich auf der durchreise ebenfalls erleichtern und zwei birken in der sichtlinie nach südwesten fällen, was ihm besonderen spaß machte, denn zu hause hat er nur eine elektrische säge, ein gerät, das ich für ein kinderspielzeug halte, allenfalls geeignet für zimmerleute, die in innenräumen arbeiten müssen.

im februar 2004 leistete ich mir zwei schlaganfälle und konnte im sommer nur ein paar herumliegende stämmchen zerlegen und aufstapeln. doch am 8. februar 2005 übernahm gudrun das kommando: der orkan zerstörte große waldgebiete in småland und richtete auch in unserem kleinen waldstück großen schaden an. insgesamt wurde etwa 70 millionen festmeter holz entwurzelt oder wie streichhölzer abgebrochen. die sicht vom haus nach verschiedenen seiten ist jetzt sehr viel freier, der anblick aber vermutlich für jahre bedrückend.

gott war zimmermann!

das ist eine in alekull leicht zu beweisende hypo/these. da das ganze haus aus holz besteht, war es nur konsequent, dass ich die decke der von ove vergrößerten diele mit schattenfugenpaneelen vertäfeln wollte. das holz dafür fand ich bei leif in ängadal, wie meistens ein besonders preiswerter restposten, dafür aber doppelt so viel, wie ich für die decke benötigte. aber-: man weiß ja nie, wofür man das noch gebrauchen kann. jahre später liegen die reste immer noch wohl gestapelt in der scheune und harren ihrer kommenden verwendung. verschärftes lob verdient uschi an dieser stelle, weil sie mit unermüdlichem eifer half, die bis zu vier meter langen paneele an die decke zu applizieren und mich zu höchstleistungen anzutreiben.

für mindestens zwei jahre war mein bevorzugter schlaf- und ruheplatz das bett, das wir oben in der diele neben der treppe aufgebaut hatten, so dass ich den direkten blick auf die astreichen paneele hatte. die dunklen flecken der äste, teils kreisrund, teils oval, ordneten sich zu gruppen, bildeten cluster, die mit ketten anderer flecken untereinander verbunden waren. da blinzelte stephans quintett neben den rattenschwanzgalaxien, m 87, zentrum der jungfrau (nein, nein, lieber leser, alter schelm, hier ist nicht die jungfrau maria gemeint, wenn sie denn eine war, sondern der virgo supercluster) überlagert die andromedaspirale und ... wenn du mehr erkennen und wissen willst, lieber leser, musst du uns besuchen und dich mit offenen augen auf den rücken legen bis dir schwindelt.

große und kleinere attraktoren schienen sie zu beherrschen, während gähnende voids zwischen ihnen die nichtende kraft des nichts zu symbolisieren scheinen. das negativ eines gruppenbildes von galaxien. sie rotieren in sich, kreisen um ein gravitationszentrum, werden immer schneller, das geht doch nicht, da fehlt doch was / leuchtende gasmassen / aufkreischende supernovae / sternklumpen / strukturen / rotationen, immer wieder rotationen, alles kreist, hat drehimpuls – auch die gedanken. woher die bewegung? also doch der unbewegte beweger? warum kreist der nicht? wer schuf den drehimpuls? grinst gott hinter dem universum? wer oder was ist gott? war gott? der blitz zweier verschmelzender schwarzer löcher. der abgrund.

doch dann wird der blick klarer, durchdringt die kreiselnde dynamik. π $\alpha\nu\tau\alpha$ $\rho\epsilon\iota$. oder doch nicht? der erkenntnisblitz: gott war zimmermann, natürlich! gottes sohn war der sohn eines zimmermanns, also war gott zimmermann wie an der decke der diele zu sehen. keineswegs war er, wie manche hochenergiephysiker vermuten, ein früher kollege, dem ein experiment fehlschlug. quod erat demonstrandum, gelle muster gell mann? schließlich weiß jeder melker: getretenes quark wird breit und selten stark. that's a little bit strange but without flavour.

so, nun hab ich also geklärt, wie die sache mit gott sich wirklich verhält, aber da ist noch ein problem, das ich so einfach nicht in diese lösung integrieren kann, denn die welt, einmal geschaffen oder entstanden, verändert sich ohne jede unterbrechung: menschen werden gezeugt, wachsen, verändern ihr aussehen, die männlichen exemplare entwickeln nach einer gewissen zeit bartwuchs, und nach ein paar jahrzehnten sterben sie; pflanzen halten im winter ruhe, werden im frühjahr grün, blühen, entwickeln früchte, stellen im herbst das wachstum ein und „schlafen" erneut im nächsten winter. die frage also ist, wie kam und kommt die zeit in die welt, was ist die zeit?

ganz einfach, lieber leser, wirst du sagen, die zeit verrinnt. und lieber autor, wirst du sagen, wir messen sie in sekunden, minuten, stunden, tagen, wochen, monaten, jahren oder anderen intervallen. hm-: gibt's denn vielleicht ein kürzestes und ein längstes intervall? intra valles. also-: zeit kann man messen. dafür benutzt man uhren, was denn sonst. die älteste uhr ist die sonne, die aber nicht so genau ist, weil sie jeden tag zu einem anderen zeitpunkt auf und untergeht, so dass wir vom winterpunkt bis zur sommersonnenwende eine zeitdilation konstatieren müssten, für die andere hälfte des jahres eine kontraktion. diesem dilemma entgehen wir, wenn wir den mittagspunkt wählen. für kürzere intervalle bietet sich die gute alte sanduhr an, die oma noch zum eierkochen verwendete. sie hat zudem den unschätzbaren vorteil, dass zeit sinnlich erlebbar wird, weil man fasziniert zusehen kann, wie der sand aus dem oberen teil in den unteren rieselt, so dass man oben den vorrat an zukunft sieht, unten aber die vergangenheit. ist die zukunft verbraucht, wird die eieruhr umgedreht und die ehemalige vergangenheit wird zur zukunft. grübel, grübel.

irgendwas stimmt damit nicht. was hat der gute alte luggi gesagt? wie war das? alles was der fall ist, ist die welt. und: worüber man nicht reden kann, darüber muss man schweigen. die zeit ist nicht der fall. gehört sie also nicht zur welt? ist ja auch nicht in den gleichungen der quantenphysik enthalten. was also folgt daraus? moment! was ist das denn? da spaltet doch jemand holz vor der tür. merkwüdig. das macht doch keiner freiwillig. ob das vielleicht der ludwig ist? nee, der kann doch nicht hier sein, kennt doch meine adresse in schweden nicht. also hoch und zum frontspitzfenster, um nachzuschauen (hau, schau, wem). nee da ist keiner auf dem hof beim holzhacken. auch der ludwig nicht. der ist ja außerdem schon mehr als ein halbes jahrhundert tot.

kein hilfsbereiter nachbar spaltet holz. hätte ja auch nur sven sein können, aber der ist jetzt bestimmt auf der pirsch. auch kein theoretischer physiker, der aus verzweiflung über die ergebnisse seiner forschungen zum natürlichen leben zurückkehren will. kurzer gedankenblitz-: vielleicht ist die zeit gequantelt wie die energie. das wäre doch mal etwas gedankenschmalz wert, könnte auch zu einer vereinigung von relativitäts- und teilchenphysik führen. und wo bleibt der zimmermann-gott? der hat sich offenbar spurlos verdrückt. vielleicht wars ein troll, der sich mit holzhacken einen spaß gemacht hat.

menschen und trolle

in skandinavien leben nicht nur pflanzen, tiere, pilze und menschen, sondern auch trolle, die endemisch nur dort zu finden sind, ebenso wie der yeti (homo primitivus messneri) im himalaya. sie, die trolle, sind in vielen sagen glaubhaft dokumentiert, auf postkarten und in kalendern lebensecht abgebildet ebenso wie engel und die gottesmutter maria in den abbildungen, die in devotionalienläden katholischer länder feilgeboten werden. ist dies allein schon ein starker beweis für ihre tatsächliche und keineswegs nur virtuelle existenz, weisen die stadt trollhättan und die straße trollstigen am norwegischen romsdalsfjord auf die zivilisatorischen errungenschaften der putzigen primaten hin.

michel i långhult, ein småländischer erzähler aus der gegend von ljungby, der eigentlich mikael jonasson wallander hieß, aber kein vorfahr des legendären kommissars kurt wallander aus ystad sein soll, hat die geschichten und erlebnisse einer trollfamilie aufgeschrieben. er lebte von 1778 bis 1869 im zeitalter der aufklärung und des bürgertums, starb arm aber versoffen. auch als säufer kann man also mehr als neunzig jahre alt werden! das sollten sich die schwedischen behörden, die das volk am liebsten zu antialkoholikern und laktovegetariern umerziehen wollen, in großen buchstaben als plakat in jedes amtszimmer hängen. skål.

über das leben der trolle ist nur wenig bekannt-: sie verbringen ihr leben unter der erde in großfamilien, die vom ältesten mann, dem stortroll, geleitet wird. die frauen ordnen sich allerdings nicht gerne unter, sind streitsüchtig, wissen alles besser und wollen auch alles das mitbestimmen, was sie von natur aus wirklich nichts angeht, statt sich auf haushalt und kindererziehung zu beschränken. tagsüber leben trolle in geräumigen höhlen unter der erde, die sie mit über raffinierte spiegelsysteme geleitetem tageslicht erhellen und beleuchten. nachts kommen sie gerne an die oberfläche, gehen auch in größere siedlungen und städte und versorgen sich aus teuren läden mit luxusartikeln. so kann ein einbruch in växjö im jahre 2001, bei dem gezielt 500 büstenhalter gestohlen wurden, durchaus auf ihr konto ge-

hen, weil die trollinnen des växjö-clans so lange gequengelt und ge-
bettelt hatten, bis die männer die ersehnte ware holten. jedenfalls hat
die sonst immer erfolgreiche schwedische polizei, der kein tempo-
sünder und kein rattfyllerist entgeht, weder eine spur der einbrecher
noch der entwendeten ware entdeckt. also muss es trolleri gewesen
sein. ist doch logisch!
das ist fast alles, was über das leben der trolle bekannt ist, und man-
ches, was berichtet wird, mag der ungezügelt überschäumenden
phantasie der erzähler entspringen. hier kurz die bekannten fakten:

- größe: maximal 1,12 m (α-männchen), ähnlich wie mitteleu-
  ropäischer waldschrat, keineswegs riesen von der größe
  ausgewachsener eichen, wie in alten aber nicht gaubwürdi-
  gen berichten überliefert wird
- gewicht: 30 – 50 kg (erwachsene), in fällen extremer adipo-
  sitas auch mehr
- gang: aufrecht auf den hinterbeinen wie yeti und homo sapiens
- oberfläche: fellartig behaart wie bonobo und schimpanse,
  gesicht bei männern bebärtet, bei frauen glatt
- geruch: etwas streng
- sprache: bis vor kurzem unbekannt, scheint aber sehr diffe-
  renziert zu sein ähnlich dem sanskrit.
- eindeutig in den bereich der nicht bestätigten märchen ist
  die behauptung zu verweisen, dass trolle platzen wie bovis-
  te, wenn sie dem prallen sonnenlicht ausgesetzt sind.

als biologischer atavismus gilt der lange schwanz mit schlussquaste,
auf dem möglicherweise stammes- und familienmerkmale codiert
sind. wegen des schwanzes ist ihre kleidung so geschnitten, dass
der schwanz stets durch eine öffnung ins freie gesteckt werden kann.
dass sie bei gefahr den schwanz einziehen und unter der kleidung
verbergen, scheint eine böse verleumdung zu sein.
an einem typisch småländischen sommernachmitteg mit ebenso hilf-
los wie vergeblich drohenden cumuli am himmel und nur wenigen
angriffslustigen mücken ging ich hinter der scheune in der neuan-
pflanzung durchs gelände, um einige birken abzuschneiden, die dort
nicht hingehörten. dieser teil des grundstücks enthält – natürlich –

große sichtbare steine und tiefe, moosüberwachsene – also nicht sichtbare – löcher, von denen ein teil tückischerweise mit wasser gefüllt zu sein pflegt. manche sind mehr als einen dreiviertel meter tief. wegen meiner immer mehr schwindenden fähigkeit mich auf menschliche art fortzubewegen, hätte ich dort eigentlich nicht sein sollen, denn ein tritt in ein solches loch konnte bedeuten, dass ich mich daraus nicht mehr befreien konnte, auch ohne jede verletzung, einfach wegen meiner behinderung. natürlich erwischte ich mit dem linken bein ein solches loch, verlor das gleichgewicht und fiel auf den rücken. mich auf die rechte seite wälzend kam ich zunächst auf die knie und mit etwas mühe auch wieder auf die füße. noch etwas verwirrt von dem fall suchte ich die säge aufzuheben und hörte eine stimme. woher? aus dem off? nein, sie schien aus dem erdloch zu kommen und sagte klar und verständlich mit hörbarem ärger: „⚐⚐□ ⚐⚐■✐ ❖⚐♌ ◆□⚐○□⚐□ ♌◆ □↗ ○♏⌇☜ ♌◆ ○♌◆○?" in verständlichem schwedisch hieß das: „för fan! vad trampar du på mej, dumbum?" (für deutsche, des schwedischen nichtkundige leser: „zum teufel! was trampelst du auf mir rum, dumpfbacke?")

etwas erschreckt sah ich mich um, war ich doch schließlich alleine. war ich schon so alt, dass ich halluzinierte? hatte ich etwa einen hirnschaden von dem kleinen sturz? vielleicht, denn ich konnte niemanden entdecken, der auf schwedisch hätte gefucht haben können. doch sekunden später erhob sich aus dem loch, in das ich getreten war, ein menschenähnlicher kopf mit etwas wirrem schwarzen haar, schwarzen wachflinken augen, runden apfelbäckchen, einer knollennase und schütterem, ergrauendem bart. „fast hättest du mir meinen hauseingang zertrampelt, du dummer plumper grobian!" zeterte der kopf, während sich der körper des daran hängenden trolls behände aus dem loch arbeitete. im vergleich zu dem nicht einmal 80 zentimerter langen körper (inklusive beine!) wirkte der kopf gewaltig. er trug lederhosen – nein, nicht der kopf! - mit dem obligatorischen schwanzloch (das ist hinten angebracht, leckermäulige leserin, nicht vorne!), ein kariertes flanellhemd, eine braune lederweste und einen spitzen hut ohne krempe, wohl gegen von den decken der unterirdischen behausung herabfallende erdklumpen und krümel. fan du, ein echter troll! „entschuldige bitte", sagte ich höflich aber doch mit erstaunen in der stimme, „ich wußte nicht, dass dort dein hauseingang ist. außerdem bin ich gehbehindert und falle deswegen manchmal unkontrolliert, kann auch nur schwer wieder auf die beine kommen."

„so?" sagte er mich misstrauisch musternd und mit dem schwanz erregt auf den boden klopfend, und dann etwas versöhnlicher: „es ist ja glücklicherweise nichts passiert, und du bist auch nicht derselbe wie der, der vor 16 jahren den wald abgeerntet hat. das war vielleicht ein idiot, aber schwamm drüber. mit seinem vorgänger gustav, der hier einige jahre gewohnt hat, bin ich sehr gut ausgekommen. im winter, wenn er wenig arbeit hatte, habe ich ihn regelmäßig in seinem haus besucht, und manchmal haben wir eine ganze nacht am küchenherd gesessen und miteinander geredet, wenn er nicht zu schnell besoffen war. er hat nämlich gerne branntwein getrunken, und zwar reichlich. sag mal, was grinst du eigentlich so dämlich?"

„ich grinse doch nicht, ich habe gelächelt, weil du mich irgendwie an rumpelstilzchen erinnerst."

„bist du verrückt?!" zeterte er los, „bei uns trollen ist es verboten, diesen namen auch nur auszusprechen. dieses absolut missratene wesen behauptet nämlich, mit uns verwandt zu sein, obwohl wir ihm das gerichtlich haben verbieten lassen. und damit du das gleich weißt: wir sind auch nicht mit den deutschen waldschraten verwandt, die wir wegen ihrer dummheit verachten. wir sind einzigartig! verstanden?"

„verstanden." die entstehende pause nutzten wir beide zu intensiver gegenseitiger musterung, die der troll mit einer frage beendete: „da wir uns gerade so nett unterhalten − hast du nicht neulich mit sven elch gesprochen?"

„neulich? das ist mindestens drei bis sieben jahre her."

„sag ich doch, neulich."

„na schön. dann sag mir doch bitte mal, wie alt du bist, wenn ein so langer zeitraum für dich neulich ist."

„ich bin noch nicht so alt, 482 jahre, also im besten alter."

ehe mir der unterkiefer vor staunen abfiel, hakte er nach: „also wie fandest du den dicken fleischklops?"

ich sammelte mich, atmete tief durch und antwortete vorsichtig: „irgendwie war er ganz amüsant, aber auch arrogant."

„amüsant? ich höre wohl nicht richtig!" empörte sich der troll. „er hat dir doch diesen ganzen kruden kram von der nichtunterscheidung des unterscheidbaren vorgekaut. dass du dir diesen unsinn überhaupt angehört hast. du bist doch sonst nicht auf den kopf gefallen, oder?"

ich überging diese gemeine frage: „woher weißt du von unserem gespräch?"

„ihr wart ja nicht zu überhören. wir haben uns gekugelt vor lachen über den blühenden unsinn." er schlug einen purzelbaum in der luft, um ihre damalige heiterkeit zu demonstrieren, und ich hütete mich, in lachen über den putzigen kerl auszubrechen, weil ich befürchtete, er könne sofort wieder unter der erde verschwinden. seine kenntnis des gesprächs zwischen sven elch und mir war zugleich ein starker beweis dafür, dass ich damals keineswegs geträumt hatte, zusätzlich zu der frischen elchlosung, die ich neben mir gefunden hatte.

„stell jetzt keine fragen", begann der troll von neuem, „denn ich muss dir etwas gestehen. du erinnerst dich doch sicher noch an den letzten einbruch bei euch?"

„ja natürlich. das ist ungefähr zwei jahre her, da wurde bei uns und in bastekulla eingebrochen. bis auf die beiden eingeschlagenen scheiben wurde nichts zerstört, und nur in bastekulla wurde eine angebrochene dose kaffee entwendet. äußerst merkwürdig. und die polizei schrieb in den protokollen als fazit: ett mycket fint brott. ich weiß es noch genau."

„also, das waren wir", gestand der troll schuldbewußt, „leider hat einer von uns den kaffee mitgenommen, weil er süchtig danach ist."

ich konnte meine verblüffung kaum verbergen: „warum seid ihr denn eingestiegen, wenn ihr nichts stehlen wolltet?"

„ach, wir waren nur neugierig wie ihr so lebt. wir trolle sind nämlich unfassbar neugierig. das ist die stärkste unserer ambivalenten eigenschaften."

„und wie beurteilt ihr das, was ihr gesehen habt?"

„ehrlich gesagt: ihr könntet ein wenig reinlicher sein. ich habe von dem staub fast einen erstickungsanfall bekommen."

„du hast ja auch in unserem haus nichts verloren. und im übrigen haben wir keinen spaß am putzen. das ist nicht unser lebensinhalt."

„aber eure fenster! wer hinter so dreckigen scheiben lebt, hat auch sonst keinen klaren durchblick."

„ich finde, damit bist du auf das niveau von sven elch abgerutscht."

„so? na ja, entschuldige, war nicht böse gemeint. – aber darf ich eine bemerkung zu den büchern machen, die du im haus hast?"

„nur los, ich bin gespannt."

„also, um es mal vorsichtig zu sagen: das meiste ist, hm, ziemlich medioker, um nicht sagen trivial, bis auf ein buch, nein zwei."

„und welche meinst du?"

„das eine ist das vogelbuch von petersen und das andere..."

„ja?"

„das hast du bisher nicht gelesen: finnegans wake."

„woher weißt du das denn?"

„man sieht, wenn ein buch ungelesen ist."

„und was liest man so in euren kreisen? das interessiert mich nun wirklich."

„alles und nichts."

„das ist doch kontradiktorisch."

„na und? die welt besteht aus widersprüchen. und ihr wollt sie in allen bereichen beseitigen oder zumindest ausgleichen. das beginnt bei eurem zusammenleben und endet wahrscheinlich noch nicht einmal damit, dass ihr mit metatheoretischen überbauten, die zu nichts nutze sind, vereinheitlichte feldtheorien schaffen wollt. nehmt doch einfach die vielfalt der welt zur kenntnis statt nach der physik schwarzer löcher zu fahnden oder dem higgs-boson. es macht doch wenig sinn, die welt mit theorien zu übergießen und die mitmenschen zu vergessen."

„verstehe ich dich richtig, wenn ich vermute, dass du den menschen raten willst, ihre wissenschaft und technik aufzugeben und nach anderen gesellschaftsformen zu suchen?"

„das steht mir natürlich überhaupt nicht zu", sagte der troll ungewohnt bescheiden, „aber es sieht so aus, als ob eure technische zivilisation dem sicheren untergang entgegengeht."

„ich bin selbst etwas skeptisch", erwiderte ich, „aber alle pessimistischen prognosen haben sich bisher als falsch herausgestellt. magst du mir sagen, wie du zu deiner prognose kommst? schließlich sind solche sätze kontingent."

der troll kniff die lippen zusammen, blickte sich verbiestert um, sagte dann „moment", schloss für etwa zehn sekunden die augen und wirkte unglaublich konzentriert, während sich seine haare aufrichteten und kleine sankt-elms-feuer an ihren spitzen aufleuchteten, so dass ich befürchtete, er könne gleich vom blitz getroffen werden, obwohl nirgends eine gewitterwolke zu sehen war. danach entspannte sich seine miene, er blickte mir in die augen:

„ich habe eben mit meiner regierung gesprochen und gefragt, ob ich dir ehrlich antworten darf."

„aha", sagte ich und sah wohl noch dümmer aus, als seinerzeit sven elch.

„meine regierung hat keine bedenken, dass ich dir alles erzähle, was wir wissen und können, weil sie der überzeugung ist, dass dir, selbst wenn du es aufschreibst oder weitererzählst, wegen deiner bekannten unglaubwürdigkeit niemand glauben wird."

rumms! der schlag hatte gesessen! aber nichts anmerken lassen, also fragen: „wie hast du denn mit deiner regierung kommuniziert?"

„elektomagnetisch natürlich, wie ihr das auch macht, nur benötigen wir keine geräte dazu."

„ihr könnt also ohne apparate telefonieren?" wunderte ich mich. „das grenzt ja an zauberei."

„ach, das ist nichts besonderes", sagte der troll bescheiden, „wir können einiges, was die menschen früher für zauberei hielten und was eure wissenschaft für unmöglich hält. wir können zum beispiel die zeit in kleinen räumen, die wir vom universum vorübergehend abkoppeln, spiegeln. das hat früher die menschen, die es erlebt haben, sehr verwirrt."

in meinen vor staunen offenen mund wäre fast eine bremse geflogen. „willst du damit etwa sagen, dass ihr die kausalität umdrehen könnt?"

„papperlapapp", sagte der troll etwas ärgerlich, „sogar du mit deiner sehr mangelhaften bildung solltest begriffen haben, dass das unmöglich ist, auch wenn einige eurer quantentheoretiker vorrechnen, dass das unter bestimmten mathematischen voraussetzungen möglich sei. niemand kann einen ball fangen, ehe er geworfen wird. auch wir nicht. aber in den abgetrennten räumen, die wir gelegentlich zum spaß schaffen, ist die zeit gespiegelt. das bedeutet, dass die prozesse von außen gesehen rückwärts ablaufen."

mir schwindelte, weil sich mein ganzes denken und empfinden dagegen sträubte, das für wahr zu halten. „kannst du mir ein beispiel dafür nennen?" stammelte ich schließlich, weil mir keine bessere antwort einfiel.

„wenns ohne nicht geht, gerne. mein alter oheim", er sagte tatsächlich „oheim" statt „onkel", „ist schon etwas tatterig, was angesichts seines alters von über 700 jahren normal ist. neulich hat er aus schusseligkeit eine alte, sehr kostbare vase umgeworfen, so dass sie in 147 große und kleine stücke zerschellte. daraufhin haben wir einen abgekoppelten raum erzeugt und für etwa zehn sekunden die zeit gespiegelt. leider lagen ein paar sehr kleine splitter nicht in diesem raum, so dass die vase jetzt ein paar winzige schäden hat."

„willst du damit sagen, dass die splitter vom boden auf den tisch hüpften und sich von alleine wieder zusammensetzten?"

„so ähnlich. aber die vase ist ja auch nicht von allein zersplittert. es ist einfach so, dass auch die prozesse spiegelsymmetrisch ablaufen, wenn wir die zeit spiegeln, das ist doch ganz normal, oder etwa nicht?"

„aber das ist doch thermodynamisch unmöglich! das weiß doch jeder abiturient."

„tatsächlich? frag sie doch mal."

„lieber nicht", dachte ich, „vielleicht halten sie die thermodynamik für eine moderne sexualpraktik."

der troll kicherte; ich sah ihn erstaunt und fragend an.

„aparter gedanke, den du da eben gehabt hast", schmunzelte er.

„ihr könnt auch gedanken lesen?"

„wer zeit spiegeln und räume krümmen kann, sollte doch wohl auch gedanken lesen können", sagte er gespreizt.

„wie bitte? ihr könnt räume krümmen?"

„ja, in aller bescheidenheit. wir können auch zeit fangen und einfrieren."

„---???---?"

„nein, ich spinne nicht, wills dir auch gerne erklären, obwohl du es nicht begreifen wirst. aber wenn du es ausposaunst, werden sie dich auf deinen geisteszustand untersuchen, und ob du eine solche prüfung bestehst, ist keineswegs sicher."

ich gehe das risiko ein und berichte an dieser stelle, was mir der troll in wenigen sätzen noch erzählt hat.

„ja, aber", wandte ich nach fassung ringend ein, „der raum wird doch nur durch große massen gekrümmt."

„självklart", antwortete der troll ins gewohnte schwedisch verfallend, „ihr habt zwar einige phänomene erkannt, aber ihr könnt sie nicht in verbindung zueinander bringen, weil ihr mit voraussetzungen operiert, die weitere erkenntnis nicht zulassen. ihr habt zwar erkannt, dass aus der vakuumenergie spontan teilchenpaare entstehen, könnt aber diese erkenntnis nicht nutzen. wir nehmen zum spaß ein virtuelles teilchen, nehmen etwas virtuelle energie aus dem vakuum und übertragen soviel davon auf das virtuelle teilchen, bis ein virtuelles schwarzes loch mit einem virtuellen ereignishorizont entsteht, so dass der virtuelle teilchenraum in sich gekrümmt und die zeit am horizont eingefroren ist."

„aber das ist doch nicht real", entfuhr es mir.

„kannst du zwischen real und virtuell unterscheiden?" fragte das trollmännchen lauernd. „unsere gesamte technik beruht darauf, dass wir zwischen der virtuellen realität und der realen virtualität wechseln können, verstanden?" grinste und hatte offenbar den raum gewechselt oder auch den zustand oder beides und war vermutlich in die virtuelle virtualität der virtuellen zeit entschwunden.

schade, so wird das geheimnis der trolle bestehen bleiben. außerdem hat er mir nicht gesagt, wie sie zu ihrer prognose gelangt sind, dass die technische zivilisation der menschheit sich ihrem ende zuneigt. und ich hätte noch so viele andere fragen gehabt.

per und mariann

mögen mir verzeihen, dass sie mir ausgerechnet an dieser stelle im zusammenhang mit den trollen einfallen, doch gelegentlich erinnern sie mich an die putzigen skandinavischen zeitgenossen, obwohl sie in der hauptstadt dänemarks zu hause sind, und trolle nie dort gesehen worden sind. per und mariann hatten bastekulla, die über 100 jahre alte kate 144,78 meter südlich von uns, etwas später gekauft als wir. mariann, die vorzüglich deutsch mit gelegentlichem dänischen akzent spricht, hat uns später erzählt, wie sie den ersten tag ihres ersten urlaubs erlebten:

sie waren der überzeugung gewesen, das letzte haus am weg erworben zu haben, weil sie alekull durch die dichte vegetation nicht hatten sehen können, wähnten sich abseits aller nachbarn und zivilisation, fanden es romantisch, im klo einen eimer zu haben, dessen inhalt alle paar tage in den wald gekippt werden muss, worüber puristische naturschützer empört sein und die nase rümpfen mögen, doch sollten sie bedenken, dass auch elche, rehe + co ihre fäkalien dort lassen, wo sie sie verlieren. der stromanschluß widersprach eigentlich ihren vorstellungen eines naturnahen urlaubs.

und nun der schock bei der ersten ankunft: lautes rufen von erwachsenen, lachen von einer ganzen horde kinder und – gipfel des schreckens – offenkundig alles deutsche. auch das noch! man wollte doch nur seine ruhe haben. doch der nachbarschaftskontakt ließ sich nicht vermeiden. gegenseitige einladungen, small talk, erzählungen über die familien, gemeinsame vernichtung größerer mengen wein, schnaps zum verteilen-: alles ganz naturnah. nach jahren kam das gespräch auch auf politik und soziale fragen, wobei sie so ganz allmählich und vorsichtig damit herausrückten, dass sie beide mitglieder der kommunistischen partei sind.

später, als wir uns zu ostern oder pfingsten trafen, erklärte mariann, sie würden im sommer nicht kommen können, weil sie nach kuba führen. ich konnte meine klappe nicht halten und sagte aus spaß: „grüß fidel schön von mir." als sie ganz ernst antwortete: „das mach ich gerne.", konnte ich gerade noch meinen unterkiefer oben behalten und mit mühe die fassung bewahren: „das war natürlich nur spaß, mariann. kennst du denn fidel persönlich?" „ja, ja, und wahrscheinlich treffen wir ihn auch." und dann erzählte sie mir, wie sie fidel castro jahre zuvor kennengelernt hatte: der maximo leader, international geächtet, war mit ausdrücklicher billigung der dänischen regierung zu einem kongress nach kopenhagen eingeladen. die dänischen genossen wollten natürlich fidel treffen und ein wenig feiern und planten deswegen ein treffen mit ihm in einer halle mit 2000 personen fassungsvermögen. für die sicherheit des gastes war mariann, damals generalsekretärin der kp dänemarks, verantwortlich, und als sie uns davon erzählte war sie immer noch belustigt über die auflagen, die die polizei ihnen gemacht hatte, wozu die peinlich genaue leibesvisitation aller besucher gehörte, damit auch ja niemand fidel etwas antun könne. „wir konnten natürlich nicht 2000 besucher kontrollieren, denn wir waren ja nur sechs leute in der organisation", sagte sie amüsiert. „und wer von den genossen sollte fidel etwas antun?"

das hat meine achtung ihr und per gegenüber noch weiter erhöht.

das erste mal, das uns beide in erstaunen setzte, war während eines kurzbesuches bei ihnen in kopenhagen, wo heike die containerausstellung während der zeit, als kopenhagen europäische kulturhauptstadt war, besuchen wollte. zusätzlich hatten sie eine fülle von ereignissen geplant, von besichtigungen bis hin zum absacker in einer für kopenhagen ganz typischen kneipe in ihrem wohnblock. natürlich hatte ich auch gelegenheit, wie bei jedem besuch der dänischen hauptstadt, auf der ströget eine pfeife zu kaufen.

wenn unsere dänen nicht in der sonne vor ihrer kate sitzen und sich vom anstrengenden stadtleben erholen (=faulenzen), besuchen sie gerne auktionen und bringen von dort allerlei nützliches und überflüssiges mit. so ersteigerte per auf einer auktion ein funktionsfähiges harmonium, das ein freundlicher schwede auf dem hänger seines pkw nach bastekulla brachte, wo per, der nie musiziert hatte, im wald ein hörenswertes konzert gab. vielleicht ist er ein musentroll mit grauweißem bart und gleich gefärbtem wuschelhaar. wer weiß.

irgendwie schienen uns per und mariann immer knapp bei kasse zu sein. so lange wir sie kennen fahren sie ein uraltes, klöteriges und ziemlich rostiges auto, das sie sich mit freunden teilten, so dass sie nur begrenzt darauf zurückgreifen konnten. in solchen dingen sind sie eben extrem sparsam, im gegensatz zu gutem essen und trinken.

seit 2002 waren sie ganz ohne auto, und im winter 2005 verkauften sie bastekulla, weil per durch krankheiten so geschwächt war, dass er nicht mehr reisen und im wald leben konnte. am 21. juli ist er gestorben. zu seiner gedenkfeier im parteibüro in kopenhagen fuhren wir mit sven und berit.

als neue pfannen auf ihr dach mussten, haben sie nicht etwa dachpfannen gekauft, sondern die alten, die sven-erik in vashult von der scheune nahm, damit sie ein blechdach erhalte, für bastekulla eingesetzt. sven half ihm bei der arbeit, und da das dach relativ klein ist, konnten sie davon ausgehen, die neuen alten pfannen auch als nicht-fachleute mit hilfe svens in zwei tagen zu legen.

doch die sache wuchs sich aus: die pfannen passten nicht, waren zu lang. wat nu? also wurden erst mal sven-erik und ove geholt, die sich die sache ansahen und zwei lösungsmöglichkeiten parat hatten: entweder umlatten oder ab der zweiten reihe von jeder pfanne in der ecke ungefähr zwei zentimeter abknabbern, damit sie sich überlappen konnten. nach langer beratung – skandinavier sind keine freunde überstürzter beschlüsse – entschieden sie sich für abknabbern. also wurden alle beißzangen in der umgebung eingesammelt und auf eignung geprüft. fazit: nach über einer woche war das dach neu gedeckt.

da in diesem sommer nachmittags regelmäßig gewitter heftige regengüsse über småland ausschütteten, lief natürlich trotz jeweils hastig übergezogener planen bei einem der wolkenbrüche so viel wasser am schornstein herab, dass sich die abgehängte hartfaserplatten-decke über der küche bedenklich wölbte. ich plädierte dafür, sofort ein kleines loch in die platte zu bohren, um größere schäden zu vermeiden, doch per und mariann bewiesen einen unglaublichen gleichmut: das eile nun wirklich nicht. nach einigen tagen war das wasser weg. ich weiß bis heute nicht, ob es von alleine einen weg gefunden hatte oder abgelassen wurde. es müssen mindestens 50 liter gewesen sein. wir könnten viel von ihnen lernen!

die anderen nachbarn

an dieser stelle muss ich endlich ein paar worte über die andere nachbarn sagen. da sind zunächst berit und sven, die in l. vashult (l=lilla=klein) ihr haus mit vier nebengebäuden ganz allein bewohnen und bewirtschaften, was ihnen mit zunehmendem alter immer schwerer fällt. ihr wald endet an der gemeindegrenze, die auch unsere grundstücksgrenze ist. unser erster kontakt war sehr merkwürdig und sven zieht mich damit immer wieder mal auf. im ersten sommer hörte ich in richtung bastekulla eine säge und ging in die richtung, um zu kontrollieren, ob da womöglich jemand meine bäume fällt, eine völlig absurde furcht, die mich anfangs plagte. natürlich vergriff sich niemand an meinen bäumen, sondern sven und sein sohn stefan arbeiteten in ihrem wald.
also sagte ich brav „hej" und versuchte etwas konversation zu machen, wobei stefan mit ein paar englisch-brocken sehr hilfreich war. sven fragte mich noch, ob ich selbst jage und ob er auf meinem grundstück jagen dürfe. da meine antworten zu seiner zufriedenheit ausfielen, gestattete er mir seinen weg zu benutzen, denn unsere offizielle zufahrt, ein sehr schlecht instand gehaltener waldweg, kommt von dalhem, wo wir etwas später auch unseren briefkasten installierten. da mir nach wenigen minuten der gesprächsstoff ausging, verabschiedete ich mich und ging den berg hinauf.

weil sven nicht nur ein richtiges schnackfass ist, sondern auch mindestens ebenso neugierig wie ich, kamen wir schnell zum kaffee zu ihnen und mussten natürlich eine gegeneinladung aussprechen, so dass ein dauernder kontakt entstand. während der ersten treffen waren die gespräche für uns extrem anstrengend und verliefen sehr zäh, weil beide seiten die sprache des anderen kaum oder gar nicht verstanden. natürlich mussten wir schwedisch lernen, und sven begann mit pädagogischem talent, uns die aus seiner sicht wichtigsten wörter zu vermitteln-: tiere, bäume und pflanzen des waldes. wenn wir etwas nicht verstanden, zeichnete sven gekonnt einen fuchs, ein schaf oder etwas anderes, bis wir trotz unserer offenkundigen begriffsstutzigkeit begriffen hatten, worum es sich handelt. obwohl meine linguistischen kenntnisse hilfreich waren, machten wir nur sehr langsame fortschritte.

später, als ich einigermaßen schwedisch verstehen und reden konnte, musste ich mir die märchen aus 1.000 + 1 jagdzeitschriften anhören und, weil sven als leidenschaftlicher jäger ja der fachmann ist, verständig nicken und grunzen, auch wenn ich völlig anderer meinung war. dafür half er mir wo er konnte, sei es im wald beim beschaffen und pflanzen der setzlinge, beim abtransport der stämme oder im haus bei elektrik und wasserpumpe. ich glaube, er fühlte sich auch immer wieder geschmeichelt, dass wir ihn fragten, und er uns helfen konnte.

zweimal besuchten berit und sven uns in hamburg, das zweite mal zusammen mit blenda und leif. ihre erinnerungen an hamburg sind etwas reduziert, sven bekommt noch immer – ganz milchbauer – leuchtende augen, wenn er an die riesenbrüste einer hure in der herbertstraße denkt (natürlich gingen wir nur durch, denn krümel und berit warteten auf uns), und berit erinnert sich schaudernd an etzel, den burmakater unserer nachbarin heide rödiger, der ihr im garten ans bein pisste. das hat sie wohl tief getroffen. sven erwähnt immer wieder, dass ich stinki am schwanz zog, was sie zu einer reaktion veranlasste, die heftige empörung signalisierte und mich amüsierte.

unser verhältnis zueinander wurde zunehmend formloser und freundschaftlicher, so dass es zu gelegentlichen spontanen kurzbesuchen kam, etwas ungewöhnliches, da schweden dazu neigen, sehr vorsichtig zu sein, um ja nicht zu stören. zwischen berit und heike entwickelte sich eine echte freundschaft, ebenso zwischen sven und mir, worauf ich durchaus etwas stolz bin, denn eine freundschaft zu einem skandinavier ist nicht einfach zu begründen, weil man beweisen muss, dass man in der lage ist seinen mann zu stehen und probleme notfalls selbst zu lösen. das ist die minimalbedingung.

anfang der neunziger jahre besuchten wir zu viert in ålshult am åsnen am späten abend einen brückentanz. die brücke einer kleinen straße war an den geländern mit frisch geschlagenen jungbirken geschmückt, in denen bunte glühbirnen ganz wenig licht verstreuten, auf der ladefläche eines lkw spielten drei junge leute tanzmusik, und ich war noch so gut auf den beinen, dass ich sowohl mit heike als auch mit berit tanzen konnte, obwohl ich erwiesenermaßen überhaupt nicht tanzen kann. außerdem stand dort eine waffelbude, an der auch alkoholfreie getränke verkauft wurden. irgendwann erklärte meine blase, dass sie sich innerhalb der nächsten 30 sekunden entleeren werde, egal wo ich war und in welcher position mein piephahn sei. also schaffte ich es, heike bescheid zu sagen und etwa 50 meter abseits zu gehen, wo ich außerhalb des hauptsichtfeldes war.

ich war noch nicht einmal fertig mit meinem wirklich dringlichen geschäft als ich sven laut nach mit rufen hörte und ihn an der brücke mit beiden armen kreisend nach mir winken sah. offenbar wurde ich dringend gebraucht, aber wozu? zu ende pinkeln, vorsichtig abtropfen, verpacken und ab die post, so schnell die humpelbeine gehen. die dämmerung war schon fortgeschritten, und ich fand sven an der rückseite eines großen volvo kombi mit geöffneter heckklappe zusammen mit thorsten und einem dritten, den ich nicht kannte.

thorsten holte eine flasche whisky aus dem erste-hilfe-kasten, schenkte vier plastikbecher fast voll, verdünnte mit etwas cola. anschließend wurden die becher unter der heckklappe blitzartig geleert, denn die anwesende und immer wachsame schwedische polizei durfte nichts bemerken. der wisky reichte für vier weitere becher, dann zauberte thorsten eine neue flasche aus dem werkzeugkasten, die ebenfalls in zwei raten geleert wurde. die ganze aktion, bei der vier männer zwei flaschen whisky soffen, hat kaum mehr als 12 minuten gedauert. den vierten becher habe ich heike gegeben, die ausnahmsweise nicht fahren musste, weil berit freiwillig nüchtern blieb.

noch heute finde ich diese aktion bemerkenswert, nicht nur weil ich sie überlebt habe, sondern besonders deswegen, weil sie ein beispiel für die skandinavische art des umgangs mit alkohol ist. dabei ist die qualität eines getränks nebensache, denn vor dem trinken wird auf dem etikett der alkoholgehalt des inhalts erforscht. je höher der ist, desto besser ist das getränk. das gilt für bier, wein und sprit gleichermaßen, so dass es korrekt ist zu behaupten: schweden trinken prozente, nicht wein oder bier.

wenn die jagdgesellschaft, die sich auch auf unserer parzelle vergnügte, bei der elchjagd erfolg gehabt hatte, bekamen wir von sven und berit zu weihnachten immer zwischen drei und vier kilo elchfleisch, die wir meistens mit nach hamburg nahmen und dort bei einem festessen mit freunden verspeisten. da wir immer auch von rehbraten schwärmten, den unsere schweden weniger schätzen, schoss sven für uns, als sich 2003 kein elch bereit fand vor die flinten zu lau-

fen, ein reh, das wir mit großem behagen mit elena und dimitri verspeisten, die uns in diesem jahr zu weihnachten besuchten.

mit zunehmenden alter wurde sven ein wenig wunderlich, eigenbröt-
lerisch und für manche leute schwer erträglich. ich konnte und kann
darüber hinwegsehen, denn er ist mein freund. gelegentlich habe ich
den eindruck, dass auch er mich als freund braucht, auch wenn er
das nicht so sehr nach außen zeigen kann. deutlich wurde das für
mich im september 2005, als bei ihm prostatakrebs festgestellte worden war, und er sich nach einem langen telefonat mit mir für meinen
zuspruch bedankte.

ove und annmari kauften, aus knoxhult kommend, das haus am tullanäsväg etwa zur gleichen zeit wie wir alekull und begannen, es mit
unglaublichem fleiss und besessenheit zu einer puppenstube zu re-
novieren. im garten wurden mehrere kleine pavillons und sitzecken
errichtet und alles mit snickerglädje überzuckert. ove war schlank
und stark und hatte ein richtiges nussknackergesicht. er ist etwa 12
jahre älter als ich und als gelernter bautischler einer der geschicktes-
ten handwerker, die ich kennen gelernt habe. ich glaube zu erinnern,
dass er damals in frührente war und als schwarzarbeiter von morgens bis abends otrolig mycke pengar verdiente, wie sven und berit
nicht ohne einen leisen anflug von neid bemerkten. ich halte das für
maßlos übertrieben, denn seine preise waren für unser empfinden
sehr moderat.

annmari war sehr klein und unglaublich dick, etliche jahre älter als
ove und reguläre rentnerin. sie litt unter einem verschärften kauf-
zwang, wusste nicht wohin mit dem krempel, den sie anhäufte, und
verschenkte ihn. zunächst lernten die kinder sie kennen, denen sie
obst anboten und fahrräder liehen. dann lernten auch wir die beiden
kennen und trafen uns regelmäßig zum kartenspiel, das wechselwei-
se bei ihnen, sven und berit oder uns stattfand. bei diesen gelegen-
heiten tischte annmari gewaltige mengen an nahrungsmitteln auf, so
dass sowohl berit als auch heike sich genötigt fühlten, in wettbewerb
mit ihr zu treten, was heike mit laut geäußertem widerwillen tat. später besprach sie sich mit berit und reduzierte angebot und menge.
pralinen und kekse blieben als fester bestandteil.

wie um zu zeigen, dass annmari ihr fett aus der luft und dem atem
bezog, aßen beide mit äußerster sparsamkeit, besonders bei uns,
worüber heike sich immer wieder aufregte. der gipfel diese verhaltens war einmal die ablehnung aller nahrung. dummerweise hatten

wir am mittag während einer paddelfahrt ove beim angeln auf dem femlingen getroffen. sie hatten den ganzen fang, etwa 60 kleine barsche, vorher aufgefressen. was sollte ich auf heikes frage, was ich davon hielte, antworten?

nachdem ove nach jahrelangem bitten den oberstock erweitert, das dach neu gedeckt und einen überdachten anbau gezimmert hatte, kaufte er das material einer alten schule und baute daraus auf der anderen straßenseite vom tullanäsväg ein modernes ferienhaus mit waschmaschine, geschirrspüler usw. trotz aller warnungen bohrte er eigensinnig den brunnen an der falschen stelle, so dass er ihn häufig mit einem über die straße gelegten gartenschlauch füllen musste, bevor gäste kamen. hatte er deutsche feriengäste, die er zu einem abendessen einlud, mussten auch wir kommen, um zu dolmetschen.

ihr zwar sehr großes aber innen total verbautes haus hatten sie mit unmengen von kitsch überladen. nicht nur, dass die verwandschaft in dutzenden von gesofteten, oval geschnittenen bildern ahnen- und fortpflanzungsaltare bildete, auch die königsfamilie sah mehrfach um die ecke, und die jahrbücher des königshauses füllten eine ganze kiste. alles und jedes war mit staubsammelnden gegenständen gefüllt, alle freien möbelflächen vollgestellt. wenns nicht so sehr zum losprusten gewesen wäre, hätte man am geschmack der menschen verzweifeln können.

es hätte eine angenehme, wenn auch etwas problematische nachbarschaft bleiben können, wenn nicht annmari immer stärker ihrer pseudologie verfallen wäre und bald log, dass sich die balken bogen. als ove verschärft begann, ihr nachzueifern, brachen wir den kontakt ab, was uns um so leichter fiel, als sie nach häradsbäck gezogen waren. die sogenannte jahrtausendwende haben wir bei ihnen zusammen mit sven und berit noch in vashult gefeiert. es war das schrecklichste silvesterfest, an das ich mich erinnere.

etwas merkwürdig war ihr verhalten, als wir uns alle bei sven erik und kerstin zum essen trafen: ove wollte beim foto, das britt aufnahm, partout nicht neben krümel sitzen und sah mit leichenbittermiene demonstrativ in die andere richtung. da sie sich auch beim boulespiel, das sich ab 2001 epidemisch in südschweden ausbreitete, gegen ein dutzend mitspieler mit ihren terminvorstellungen durchsetzen zu müssen glaubten, sprengten sie die gruppe ohne einen für mich ersichtlichen grund.

irgendwann kamen auch sven erik und kerstin in unseren bekanntenkreis. sven erik schnitt mit der kettensäge große und kleine figuren und bemalte sie mit hilfe von knud erik. der war der beste freund von per und hatte eine hütte von britt, sven eriks schwester, gemietet. knud erik ist ein sehr intelligenter auch künstlerisch begabter mann, der aber, seit früher jugend durch eine polioerkrankung stark behindert, zuweilen zu einem schwer zu ertragenden zynismus neigt, der bis in die nähe der selbstzerstörung gehen kann.

anfang der neunziger war sven erik, der in der zeitung björnsnikkare genannt wurde, etwa vier meter abgestürzt und hatte sich den hals gebrochen. an dem unfall war er, wie er selbst offen zugibt, nicht schuldlos, denn er war mit holzpantinen auf einer maschine herumgeklettert und abgerutscht. monatelang wurde sein hals mit einer metallschinenkonstruktion bewegungsfrei gehalten bis die wirbelbrüche verheilt waren. eigentlich konnte er froh sein, überhaupt noch zu leben, doch als er die schienen los war, war er genauso unvorsichtig und leichtsinnig wie vorher.

2004 wurde er ebenso wie ich von den behandelnden ärzten fast umgebracht, eine der häufigsten todesursachen in zivilisierten ländern, wie ich inzwischen weiß. sven erik hatte darmkrebs und nach der operation haben die famosen medizyniker ihm einen ausgang falsch gelegt, so dass er eine bauchfellentzündung bekam und nur dank seiner kräftigen physis monatelang auf der intensivstation überlebte. das riesige haus in vashult, das auf 2,5 geschossen mindestens 300 quadratmeter wohnraum hat, dient ihnen nur noch als sommerhaus, da sie inzwischen eine wohnung am stortorget vor dem bahnhof in älmhult haben. die stadt hat für alte leute eben doch vorteile.

schon wieder: sven elch zum zweiten

als ich einmal hinter dem steinwall, wo ich an der großen buche, die ihrem aussehen nach einmal ein solitär gewesen ist, licht für ihren nachwuchs schuf, indem ich aspen-, ahorn- und vogelbeerstangen, auch eine beginnende fichtenpopulation, abschnitt, keine herrschaft mehr über meine beine hatte und schon zweimal auf den rücken geplumpst war, setzte ich mich zum ausruhen auf einen bequemen stein. einige bündel von sonnenstrahlen drangen durch die dichten zweige, beleuchteten das laub des letzten herbstes und den ersten vorwitzigen pilz, der sich wohl in der jahreszeit geirrt hatte. meine stimmung war friedlich wie die natur um mich.

gestört wurde die stille von laut knackenden ästen, trampeln und schnaufen-: sollten hier wildschweine sein? mich umdrehend entdeckte ich fünf meter hinter mir einen riesigen elchbullen, der mir noch größer erschien als er war, weil ich saß und ihn aus der dackelperspektive sah. er fixierte mich, blieb aber stehen und sagte dann: „da bist du ja. ich habe dich hinter der scheune vermutet und zunächst dort nach dir gesucht. na, ist ja auch egal." sven elch war wieder da, mein alter gesprächspartner. „hej", begrüßte ich ihn, „schön, dich wieder zu sehen."

„hm", brummte sven elch, „ich muss mit dir reden."

„gerne", antwortete ich höflich, denn man soll elchbullen nicht reizen, besonders dann nicht, wenn man selbst nicht richtig gehen, geschweige denn schnell weglaufen kann.

„also", begann sven elch, eine gewissen missbilligung in stimme und körperhaltung nicht verbergend, „du hast vor einem jahr mit diesem wichtel, dem trotteligen troll geredet. der ganze wald kennt euer gespräch. ich will dich ja nicht beleidigen, aber einige, wie der dachs, der hinter der scheune wohnt, haben sich über deine beiträge zum gespräch schlapp gelacht, weil du dich von dem wurzelgnom so simpel hast hinters licht führen lassen. wir hatten den eindruck, dass du den schnickschnack geglaubt hast, den er dir – ähem – vorgeflunkert hat. stimmt das etwa?" neben unwillen schien auch etwas wie eine leichte drohung mitzuklingen.

„zumindest war das nicht uninteressant, was er mir berichtet hat", wich ich vorsichtig aus.

„hast du diesen physikalischen unfug etwa für bare münze genommen, lutz mensch? hoffentlich nicht, denn trolle sind verfressen und versoffen, sie klauen, betrügen und lügen wie boulevardzeitungsjournalisten, verfügen aber keineswegs über höhere einsichten, weil ihnen die erkenntnisfördernde fähigkeit der contemplatio fehlt, sie ergo auch keiner wissenschaftlichen erkenntnis fähig sind."

„und was ist mit dem isolierten teil der raumzeit?", protestierte ich vorsichtig.

„alles nur geflunker."

„aber die theorie schien der troll gut zu kennen, sonst hätte er nicht so gut flunkern können."

„alles nur angelesen und aufgesetzt."

„mein lieber sven elch", erwiderte ich mit betonter nachsicht, „fast alles, was wir wissen, zu wissen glauben oder glauben, ist angelesen, oder etwa nicht?"

„ach ja?", fragte der elchbulle höhnisch grinsend, „und wie, meinst du, soll ich lesen können? abgesehen von unserer schlechten sehkraft haben wir hufe aber keine hände, können ein buch also weder halten noch seiten umblättern. wir sind also auf die kraft des reinen denkens, die produktive vorstellungskraft und synthetische urteile a priori angewiesen. nun kommst du."

natürlich hatte ich darauf keine passende antwort. deswegen versuchte ich, auf die kritik am verhalten und denken des trolls zurückzukommen. „also gut", erwiderte ich, „alles nur angelesen haben sich die trolle. aber mein eindruck war, dass sie in der modernen wissenschaft, soweit **ich** sie mir **angelesen** habe, auf dem neuesten stand sind, wahrscheinlich sogar darüber hinaus. wie sonst sollten sie in der lage sein, einen teil der raumzeit abzukoppeln und den entropiesatz außer kraft zu setzen?"

milde grinste sven elch: „woher willst du wissen, dass der gnom nicht lügt? wie kannst du von der wahrheit seiner rede überzeugt sein, wenn du das experiment nicht gesehen hast, wenn du nicht einmal die geringste möglichkeit hat, das angebliche experiment zu überprüfen? du kommst mir wirklich recht naiv vor, lutz mensch."

„meinst du nicht, sven elch, dass du etwas zu weit gehst?"

„überhaupt nicht, denn die trolle sind bekannt für taschenspielertricks und gaukeleien. du kannst hier im wald fragen, wen du willst. außerdem ist ihre trickreiche lügenhaftigkeit als trolleri historisch ausführlich belegt."

„was also willst du mir sagen, sven elch?"

„trau ihnen auf gar keinen fall! du kennst doch den unterschied zwischen doxa und episteme, den platon macht". – scheiße, jetzt kommt der fleischklops auch noch mit klassischer bildung, dachte ich erschreckt, nickte aber zustimmend, statt mir den ärger über dieses getue anmerken zu lassen. – „diese grundlegende unterscheidung rationalen denkens lehnen sie strikt ab. insofern sind diese häßlichen zwerge die wahren verfechter der nicht-unterscheidung des unterscheidbaren. dass wir elche das nur aus spaß tun, hatte ich dir ja bei unserem ersten gespräch schon gesagt, wenn du dich freundlicherweise erinnerst."

„ja natürlich erinnere ich mich. du hast anschließend zwei sehr schöne geschichten erzählt", machte ich den versuch, das gespräch auf andere themen zu bringen.

„so? na ja", sven elch klang etwas indigniert und verzog die oberlippe, „aber ich muss dir etwas über die trolle sagen, das ihre angebliche weisheit relativiert. sie sind nämlich koprophagen, nicht ausschließlich, aber doch gelegentlich."

ich sah ihn leicht angewidert an.

„ja doch", fuhr er fort, „du weißt, dass wir als pflanzenfresser bohnenähnliche, feste, fast trockene kotstücke ausscheiden. die trolle sammeln sie teilweise und legen sie in essig und branntwein ein. männliche junge trolle verzehren sie als eine art mutprobe und initiationsritus."

„das ist ja fast so widerwärtig wie lutfisk und surströmming", schüttelte ich mich vor ekel und abscheu.

„wie die ganze spezies" grummelte sven elch, „aber schluss mit diesen schwanzwedelnden hominiden der ersten stunde der evolution. ich wollte dir nur sagen, dass du ihnen nicht trauen und glauben darfst, denn diese kleinen unterirdischen teufel sind seit olims zeiten" – und leckte sich die lippen, weil er trotz des falschen lateins erneut mit seiner klassischen bildung prahlen wollte, um sich von den trollen positiv abzusetzen – „lügner und betrüger, beutel- und halsabschneider, dumpfbacken und hirnödemisten, mikrokephalen und megalorhinoi" – donnerwetter, sven elch, da hast du ja eine interessante wortneuschöpfung zu stande gebracht – „erbschleicher und üble lüstlinge im gegensatz zu uns vegetariern…"

er war ganz aus der puste gekommen vor eifer, so dass ich ihn beruhigte: „du hast mich völlig überzeugt, freund sven elch, aber vielleicht kannst du mir etwas anderes erzählen, was ich noch nicht kenne, denn ich bin ja nie lange hier und spreche die sprache der eingeborenen nur sehr unvollkommen."

„hm ja", überlegte sven elch, sein haupt mit dem gewaltigen geweih, das noch vom bast umhüllt war, bedächtig hin und her wiegend. „was soll ich dir von den leuten erzählen? du kennst sie ja: branntwein saufen, das essen mit mayonnaise ungenießbar machen, karten spielen, sonntags in die kirche rennen, was eben ganz gewöhnliche menschen so tun. stolz sind sie auf ihre vorfahren, die wikinger. – das waren noch kerle, kann ich dir sagen, harald blauzahn, der trelleborg gegründet hat, erik blutaxt oder sven gabelbart..."

„woher weißt du das denn?"

„wir haben ein ausgeprägtes geschichtsbewusstsein, auch ohne lächerliche schriftliche annalen; wird übrigens nirgends mehr gelogen als in ihnen. deswegen wissen wir noch viel über die alten zeiten.

eigentlich waren sie ganz friedliche bauern, die wikinger, lagen auf bären- und schaffellen und tranken met. das ging so lange problemlos und friedlich bis ein reisevertreter aus italien zu ihnen kam und erzählte, wie schön es da sei, und so warm, dass man kein feuer in der hütte bräuchte, auch im winter ohne die dicken woll- und lederklamotten spazieren gehen könnte usw. der mann war übrigens ein agent des reiseunternehmens thomas cook, der hier im norden einen neuen markt erschließen wollte. besonders die frauen hörten genau zu und umgarnten ihre männer, doch um freyas willen dorthin zu fahren, vielleicht nur zur probe und zum urlaub für ein paar jahre, vielleicht aber auch für immer. na, die kerle ließen sich erweichen und fragten vorsichtig nach dem preis für eine günstige gruppenreise, doch der war so unverschämt hoch, dass sie ihn auch nicht annähernd aufbringen konnten.

aber die frauen ließen nicht locker, fragten den smarten italiener, ob man denn auch auf eigene faust nach italien gelangen könne. doch der druckste herum, weil er schließlich geschäfte machen und sein wissen nicht gratis weitergeben wollte. also verführten die frauen ihn reihum so lange, bis er ihnen erschöpft erklärte, dass sie über die ostsee nach süden segeln müssten und dann über festes land mit ochsenkarren immer weiter nach süden, was nicht einfach, sondern sogar hochgefährlich sei, weil breite flüsse, grundlose moore und himmelhohe gebirge zu überwinden seien. ohne kundigen führer sei das überhaupt nicht möglich.

es gebe allerdings noch einen anderen weg, den er allerdings nur in groben zügen kenne. es handele sich um eine äußerst beschwerliche seereise, die mindestens ein halbes jahr dauere. der kurs führe immer an der küste entlang, an britannien, dem frankenreich, das von einem riesen mit namen karl beherrscht werde, und an hispanien vorbei, durch die säulen des herakles und dann immer nach osten. allerdings seien die küsten von hispanien und die säulen des herakles ein extrem gefährliches fahrwasser, weil vor achtzig jahren ein volk aus den glühenden sandwüsten arabiens mit hilfe ihres furchtbaren gottes allah zuerst ganz afrika und dann hispanien erobert habe und alle abmurkse, die nicht ihren glauben annehmen wollten.

das machte den frauen nun nicht die geringste angst, denn diesen merkwürdigen allah, den sollte odin wohl leicht vernaschen, vor allem, wenn thor ihm mit seinem hammer etwas schützenhilfe leiste.

der italienische vertreter reiste wieder ab, weil er kein geschäft machen konnte, und die frauen griffen zu ihrer altbewährten geheimwaffe-: sie quengelten und drängelten so lange, bis ihre männer ein paar größere boote bauten, ähnlich den heute noch verwendeten ölandkähnen und erklärten, sie wollten sich italien mal ansehen.

eigentlich aber wollten sie nur ihre ruhe haben. deswegen mussten die frauen auch erstmal zu hause bleiben: „wir holen euch später nach, wenn es dort wirklich so schön ist", versprachen ihnen die männer, was aber nie geschah, denn dort wo sie sehr viel später landeten, solls auch schöne frauen gegeben haben, nicht nur langweilige blondinen wie zu hause, sondern schwarzhaarige, glutäugige, exotische frauen von nie gesehener attraktivität.

also fuhren die kerle auf ihren offenen kähnen los, weg von den immerfort quengelnden frauen in die ferne freiheit, der sie mit einem riesenbesäufnis außerhalb der sichtweite ihrer hütten ein feierliches trankopfer brachten. doch die realität konnten sie nicht ersäufen: zwar konnten sie teilweise segeln, mussten meistens aber rudern, waren immer nass von salzwasserspritzern, bekamen davon rheuma und nach wenigen tagen durchfall von stockfisch, sauerkohl und inzwischen schimmelndem brot. doch die vorstellung der häuslichen szenen, wenn sie jetzt schlapp machen und umkehren würden, ließ sie verbissen durchhalten.

sie segelten vor einem guten südwind durch den großen belt und das kattegat bis skagen, wollten dort südwärts einbiegen, wurden vom auffrischenden wind, der jetzt aus westsüdwest blies, aber daran gehindert, so dass sie westwärts hielten und dabei leicht nach nord abgetrieben wurden. rudern wollten sie nicht, zumal sie gegen wind und seegang kaum vorangekommen wären. als sie nach einer woche nässe und wind endlich land sahen, hatten sie die schnauze voll von der seefahrt und beschlossen an land zu gehen, um nach dem weg zu fragen, denn ihnen war klar, dass sie sich verfahren hatten. auch hofften sie, endlich wieder etwas vernünftiges zu essen zu bekommen, ein richtiges klo benutzen zu können staat über die bordwand zu scheißen, wobei meistens der arsch nass wurde, und in einem richtigen bett zu schlafen.

sie ruderten etwas an der küste nach süden, sahen nach kurzer zeit steinhäuser auf einem hügel, setzten kurz entschlossen die boote auf den strand, sprangen heraus und brüllten vor schmerz-: das verdammte gliederreißen. trotzdem rannten alle auf die häuser zu, weil der durchfall sie zu den klos trieb. ja, lutz mensch, du ahnst schon, dass dieser haufen skandinavischer eingeborener in lindisfarne angekommen war. die kuttenträger, die keinen besuch von see erwarteten, hatten schon, als sie die schiffe sichteten, die tore verrammelt und mit beten begonnen. unsere wikinger aber, die aufs klo mussten und nach dem weg fragen wollten, bollerten so lange gegen das tor, bis es zersplitterte. dann stürmten sie zuerst die latrinen und erleichterten sich ausführlich, trieben danach die mönche im speisesaal zusammen, fragten höflich nach dem weg, bekamen aber keine vernünftige antwort. statt dessen hielten die kuttenträger ihnen merkwürdige amulette in kreuzform vors gesicht und murmelten zaubersprüche, die die wikinger natürlich nicht verstanden.

amulette und zaubersprüche flößten den wikingern einen heidenrespekt ein. deswegen trat erik triefauge, der mutige anführer der horde, vor, zog sein hackebeil, das er immer bei sich trug, um kleinholz fürs feueranmachen hacken zu können, und schlug ratzfatz dem frechsten der kuttenträger den schädel kaputt. als der mönch zu boden fiel, war erik verdutzt und etwas betreten zugleich, denn er hatte gar nicht richtig zugeschlagen und wollte eigentlich nur, dass dieser mensch die klappe hält. doch dann beugte er sich zu ihm runter, entschuldigte sich und fragte ihn nach seinem namen.

erik triefauges kumpels missverstanden die situation gründlich, hielten den leichten axthieb für ein signal, zogen äxte und schwerter und erschlugen die ganze bande fremder zauberer. glücklicherweise war das küchenpersonal nicht darunter, so dass sich die wikinger nicht ums essen kümmern mussten. schließlich war es eine harte arbeit, die toten zauberer aus den wirklich sehr kleinen fenstern zu werfen.

sie blieben so lange, bis die vorräte aufgefressen und ausgesoffen waren, sammelten dann alles zusammen, was wertvoll schien, konnten sich aber nicht entschließen sofort abzufahren, weil es regnete, wehte und recht kühl war.

als nach drei tagen das wetter besser wurde, ein guter segelwind aus westen wehte, luden sie die sachen ein: stoffe, teppiche, silbergeschirr, kultische gegenstände und die kreuzförmigen amulette, obwohl deren zauberkraft nicht besonders groß zu sein schien. fröhlich segelten sie vor dem wind wieder nach hause. ihren frauen erzählten sie nach nur drei monaten abwesenheit, was diese hätte stutzig machen müssen, das wetter in italien sei auch nicht viel anders als zu hause, aber sie hätten immerhin ein paar andenken mitgebracht, die möglicherweise ganz wertvoll sein könnten.

die geschichte von der beute sprach sich im norden schnell herum. die frauen in fast allen dörfern quengelten mit psychologischer raffinesse, dass angesichts der stellung ihrer männer auch sie solchen schmuck besitzen müssten, nicht immer nur das rostige eisenzeug und die langweiligen bronzefibeln, die man zudem noch alle halbe jahr putzen müsse, weil sie sonst schietig aussähen. also machte sich die nächste gruppe weichgequälter männer mit zwölf schiffen auf den weg nach „italien", vor allem um dem ewigen genörgel am heimischen herd und dem gezicke im bett zu entgehen, das gudrun, helga, freya und wie sie alle hießen als erpressung einsetzten.

bis zum englischen kanal verlief die reise problemlos, doch dort kam ein kräftiger nordwestwind auf, vor dem sie in der seinemündung zunächst nur schutz suchten, dann aber den fluss aufwärts segelten und ruderten, bis sie nach paris kamen. heißa! da gabs ja noch viel mehr beute als in lindisfarne. leider zündeten sie im suff ganz aus versehen die stadt an. später erkundeten die wikinger „italien" weiter, besuchten auch köln zum shopping, mussten aber alle paar jahre wieder in die boote, um neue einkäufe zu tätigen. es dauerte wohl zwei jahrhunderte, bis die ersten – natürlich ohne frauen – in sizilien ankamen, wo sie die ansässigen araberinnen so reizend fanden, dass sie blieben und ein königreich gründeten. – tja, lutz mensch, das waren die vorfahren der jetzigen nachfahren", sinnierte sven elch.

„eine allerliebste geschichte, die du mir erzählt hast. vor allen dingen enthält sie viele fakten, die der menschlichen historiographie bisher unbekannt waren, beispielsweise die bisher nicht gewürdigte rolle der frauen in der geschichte. wirklich beeindruckend."

„das will ich meinen", warf sven elch sich in die brust und brach mit seinem geweih ein paar dürre zweige vom stangenholz. „das meiste, was ihr in eurer geschichtsschreibung aufgezeichnet habt, hat sich in wirklichkeit ganz anders zugetragen. soll ich dir noch die geschichte von...."

„heute nicht", wehrte ich ab, „ich will ins haus und kaffee trinken, ehe die trolle darüber herfallen. ich habe nämlich nicht abgeschlossen."

„das ist ausnahmsweise klug von dir", merkte sven elch mit dem unterton des bedauerns an, weil er gerne eine weitere geschichte erzählt hätte. „na, vielleicht beim nächsten mal. har dig bra."

von mäusen und menschen

von beginn an, spätestens seit der entstehung der lochreihen in tü-
chern, laken und vorhängen, die die putzigen nager bei der renovie-
rung des fußbodens und dem bau des kachelofens hinterlassen hatten, herrschte krieg zwischen den menschen in alekull, die gerade
gekommen waren, und den mäusen, die schon immer dort gelebt
hatten. der begriff krieg ist naürlich nicht treffend, denn wir wollten
die mäuse nicht vernichten, nur im äußersten notfall, sondern wir
wollten sie aus dem haus aussperren, damit sie dort keinen schaden
anrichten können.
doch wir griffen, wie in solchen situationen üblich, zunächst zu den
falschen maßnahmen-: vergiften! also stellten wir im herbst schalen
mit gift in die küche und in den ersten stock. kamen wir aus der weit-
gehend mausefreien zone in hamburg dann wieder nach alekull,
mussten wir eine ziemliche schweinerei beseitigen: die mäuschen,
die das gift lecker fanden, hatten nicht nur das blaugrüne zeug überall verstreut, sondern auch massenhaft mit ihren kleinen harten kot-
kügelchen vermischt. eine tote maus fanden wir nie, denn weil das
gift bei ihnen durst verursacht, verschwanden sie aus dem haus, um
draußen etwas zu trinken zu finden.
die ersten erfolge verzeichneten wir, als wir begannen, auf das gift
zu verzichten. die zahl der ködel ging zurück und im obergeschoss
wurden keine nagetiere mehr gesichtet, sondern nur noch in der küche. als wir den alten herd durch einen neuen ersetzten, ging ich
verschwenderisch mit mörtel zu werke, um alle löcher zu verstopfen,
die auch nur der winzigsten maus zugang in die küche gewähren
konnten. die nächste maßnahme bestand darin, die fuge zwischen
fensterbrett und arbeitsplatte über den von gustav eingebauten
schränken mit holzkeilen, brettstückchen, spänen und silikon zu
schließen. wenn je eine maus hier durchgeschlüpft sein sollte, seitdem ist es mit sicherheit keiner mehr gelungen.
1995 hatte meine mutter kurz vor ihrem tod eine neue, sehr kleine
waschmaschine gekauft, die wir nach alekull transportierten und von
lennart anschließen ließen. die maschine nahmen wir allerdings erst

im folgenden jahr in betrieb. dieser prozess verlief folgendermaßen: heike hatte die trommel gefüllt, den elektrischen anschluss hergestellt und eingeschaltet. doch nichts geschah. also rief sie mich: „die maschine geht nicht, kannst du mal kommen?" warum ich? hatte ich einen technischen beruf gelernt oder sie? na also! ich war und bin für die theorie zuständig, nicht für die praxis. philosophen waren schließlich noch nie spezialisten für waschmaschinen, auch nicht für mentale, oder?

„klar, ich komme. hast du das wasser angestellt?"

„wasser angestellt? wieso denn das?"

tiefes ausatmen meinerseits: „das machst du doch zu hause auch immer."

langsam kehrte heike in die realität zurück, während ich den schwer zugänglichen eckhahn auf durchfluss stellte und die maschine ansprang. rauschend strömte das wasser in die trommel, sehr ausführlich und ungewöhnlich lange. wo blieb das nur alles? ach so, da kams in die küche geflossen, verdammte scheiße. da musste etwas gründlich kaputt sein.

also eckhahn schließen, wasser aus der maschine pumpen, wäsche rausnehmen, lennart alarmieren. das ging ruckzuck. lennart sah sich die maschine an, stellte fest, dass der abflussbalgen durchlöchert war, was er nicht beheben könne. hatten doch offenbar unsere niedlichen kleinen freunde von der feldgrauen truppe ihren hunger mit dem balgen stillen wollen.

sehr fürsorglich schrieb uns lennart namen, adresse und telefonnummer einer elektrofirma in ryd auf, fügte auch noch typ und seriennummer der maschine bei.

die firma in ryd erhielt von uns die daten und versprach, in drei tagen einen monteur zu schicken, der einen neuen balgen installieren werde. doch der monteur, offenbar ein werkstudent, auf jeden fall aber ein sommarvikarie, stellte sich reichlich dusselig an, fummelte erfolglos an der maschine herum, stellte fest, er habe wohl das falsche teil mitbekommen und fuhr wieder ab. zwei tage später kam ein richtiger monteur mit dem richtigen balgen und behob den schaden in zehn minuten. der erste erfolglose besuch wurde nicht berechnet, nicht einmal die fahrtkosten. doch solche ehrlichkeit und kulanz gehören auch in schweden inzwischen zu den ausnahmen.

aber woher waren die mäuse gekommen? wenn ihre schlupflöcher nicht geschlossen würden, könnten wir die prozedur jedes jahr wiederholen. gernot, der inzwischen mit ursel eingetroffen oder schon anwesend war – ich weiß es nicht mehr und kanns auch nicht mehr rekonstruieren – wusste rat und half mit tat. zunächst wurde die maschine aus ihrem fach, dem ehemals letzten unterschrank neben der spüle entfernt; der platz unter der spüle wurde völlig ausgeräumt, was zu einem umfangreichen chaos in der küche führte. dann hielten gernot und ich rat, was wie getan werden müsse.

zunächst wurden die nassen bretter des vorhandenen schrankbodens herausgenommen und durch neue ersetzt, der neue boden mit einem alten zinkblech ausgeschlagen. in den winkel zur außenwand nagelten wir ein abgekantetes blech, das vom dachdecken übrig geblieben war. um das abflussrohr legte gernot eine wunderschön zugeschnittene aluminiumblech-manschette, so dass den mäusen auch dieser weg versperrt war. die arbeiten gelangen hervorragend und sollten sich in zukunft als erfolgreich erweisen: niemand hat sich seitdem wieder an einem balgen festgebissen. (doch das scharfe auge der hausfrau entdeckte ostern 2005 einige mauseködel auf der arbeitsplatte.)

als wir im herbst das haus winterfest machten, meinte heike aber, die maschine müsse auch frontal gegen mäuse gesichert werden. mein einwand, dass mäuse, die nicht in die küche kommen können, dort auch keinen schaden anrichten, war nicht einmal für die katz, sondern wurde schlicht nicht zur kenntnis genommen. statt dessen drohte heike in einer art erpressungsmanöver, ove zu beauftragen, einen entsprechenden schutz zu bauen, was mir ungeheuer peinlich gewesen wäre. also baute ich aus dachlatten und sperrholz einen kasten mit vielen aussparungen und einschnitten für leitungen und unebenheiten, an dem ich stundenlang schnitzte, bis er millimetergenau die waschmaschine nach vorne abschloss. doch an der einen oder anderen stelle ließ sich doch noch eine stecknadel durchschieben, so dass heike höchst beunruhigt ove zur begutachtung holte, der allerdings höchstes lob für das monstrum zollte, das nie eine maus passieren ließ, wohl auch keine durchlassen konnte, weil ohnehin keine mehr in die küche kam.

doch damit war der langwierige kampf gegen die grauen mäuse keineswegs entschieden, denn im herbst stiegen sie unter erheblicher lärmentwicklung auf mir unbekannten wegen in die abseiten. aus der schilderung der geräusche leitete berit ab, dass es sich um ratten handeln müsse, die mit brachialer gewalt eindrangen. zu der zeit hatte ich bereits angefangen, die schrägen in den abseiten mit hartfaserplatten zu verkleiden, um den immer wieder herunterfallenden dreck aus dem schindelunterdach zurückzuhalten. die arbeit erwies sich für mich als extrem mühsam, weil ich die platten, um platz zu sparen, nicht einfach auf die sparren pinnte, sondern zunächst seitlich dünne leisten aufnagelte, auf die ich dann die etwa einen meter breiten platten mit allerlei tricks auftackerte, manchmal aber fast verzweifelte, weil die ausgemessenen größen selten mit der wirklichkeit übereinstimmten, denn die sparren haben nicht nur unterschiedliche abstände, sondern sind auch jeder für sich keine gleichmäßig gesägten balken, sondern roh gezimmerte stämme, die keineswegs parallel verarbeitet wurden wie es sich ordentlicherweise gehört. toleranzen von einigen zentimetern sind eher die regel als die ausnahme.

natürlich waren die platten keine mausesperre. wie und wo also kamen die viecher nach oben? offenbar in den hohlräumen der kästen, die an den vier hausecken die herausstehenden balkenköpfe schützen. also machte ich mich daran, die nach unten offenen kästen mit blech zuzunageln – eine richtig figellinsche scheißarbeit, zumal an einigen der acht „baustellen" der platz zum nageln fehlte. die aktion war zeitaufwändig, nervenzermürbend und rückenschmerzen verursachend, dafür aber ein voller misserfolg, denn die biester kamen weiterhin in alle vier abseiten und mümmelten dort gelagerte polster und matratzen. obwohl ich im jahr 2002 kaum weiter daran arbeitete, gelang es mir, die erste abseite zu dichten, wobei mir auch stahlwolle, die eigentlich für die reinigung von pfannen und töpfen verkauft wird, als lochfüller gute dienste leistete. den tip mit der stahlwolle hatte mir eine junge dänin, die mit mann und kind einige tage in bastekulla logierte, gegeben. im winter 2003/04 waren aber in genau dieser abseite fraß- und verdauungsspuren einer maus überdeutlich erkennbar. welchen weg hatte sie genommen? müssen wir ewig mit den nagern leben, ohne jemals zu einem tragbaren kompromiss mit ihnen zu gelangen, der so aussehen könnte, dass sie sich an ihre natürlichen lebensräume halten und wir sie in ruhe lassen?

wenden wir uns wieder den erfreulichen ereignissen zu, zum beispiel dem besuch aus dem fernen süden, der uns immer wieder erfreute, darunter natürlich auch ehepaare, die wie wir schon lange miteinander ausgekommen sind. aus den eigenschaften der 15 oder 20 paare, die uns im laufe einiger jahre heimgesucht (nein: besucht) haben, habe ich typisches herausgenommen und zusammengerührt. also:

ein ehepaar kommt zu besuch

wir beginnen mit der ankunft an einem bilderbuchnachmittag. blauer himmel, kaum wind, ein paar weiße cumuli versuchen vergeblich sich aufzuplustern, die hummeln brummeln freundlich, bachstelzen vespern libellen, also eine richtige idylle.

„herzlich willkommen in alekull – das ist aber schön bei euch – wir haben uns schon soooo gefreut", umarmen, bussi bussi, allgemeines abschlecken.

„kommt erst mal auf den altan, setzt euch. wollt ihr was trinken?"

„ein leckerer kräutertee wäre genau das richtige; fritz holst du mal die kiste aus dem auto?" –

ach du scheisse, ökosofen, hatte ich vorher nicht gewusst. das kann ja munter werden. zur begrüßung hatte ich eher an einen vodka gedacht. na, dann eben nicht.

„und zum abendessen schnippeln wir einen leckeren salat. wir haben ganz frisches gemüse mit, und kräuter habt ihr ja im beet."

„für mich nicht", wende ich leise ein. bin schließlich fleischesser und kein karnickel.

„ach was, der schmeckt ganz toll und ist ja auch so gesund!"

auch das noch! ich lasse mich nicht gerne beim essen bevormunden, und solche argumente verursachen mir schon beim zuhören und der vorstellung an das, was auf den tisch kommen soll, würgen und brechreiz, denn unter einer gesunden mischkost verstehe ich fleisch, wurst, käse, brot, cashew-nüsse und trockenen riesling. das ist mir mehr als drei jahrzehnte hervorragend bekommen, ohne dass ich deswegen gestorben wäre oder mangelerscheinungen wie skorbut oder beri-beri bekommen hätte. (seit meinen beiden schlaganfällen im februar 2004 habe ich mein verhalten und meine nahrungsgewohnheiten zwangsweise grundlegend geändert, aber auch das habe ich bisher überlebt)

weil wir unsere jeweiligen gewohnheiten nicht genau kennen, aber einige tage fröhlich miteinander leben wollen, muss ich mir zunächst einen vortrag anhören, mit dem der kräutertee gewürzt wird, der das aussehen von kinderpisse hat und wahrscheinlich ähnlich schmeckt. vorsichtshalber habe ich beides nicht probiert.

„wisst ihr, kaffee mögen wir gar nicht mehr", während ich mir einen vollen becher mit einem glas vodka zum schwedischen kaffegök verfeinere, „und alkohol haben wir noch nie getrunken, das ist ein richtiges teufelszeug." prima, also keine gefahr für die knappen bestände. vorwurfsvolle blicke sollen mir das wundervolle gemisch aus kaffee und vodka vergällen. nee nee, so nicht, liebe freundin, das verfängt nicht. und als ich mir mein pfeifchen anzünde, mich zurücklehne und genussvoll schmöke, bekomme ich, zack!, wieder einen übergezogen: „also rauchen finden wir ganz ekelhaft, nicht wahr, fritz? außerdem bekommt man davon krebs, und der gestank ist ja ganz unerträglich, nicht wahr fritz?" fritz schweigt, scheint nicht ganz überzeugt von den missionarischen reden seiner frau zu sein.

heike, die latente spannung spürend und bangend, dass ich mit vollem charme und transsilvanischem temperament die diskussion auf die spitze treibe (wer ist hier eigentlich zu hause? und wenn ich zu besuch bin, passe ich mich an, rauche vor der tür und trinke fruchtsaft und mineralwasser, wenns der brauch des hauses ist; und zu hause soll ich mich dem besuch anpassen?), bringt an dieser stelle ihre diplomatischen fähigkeiten ein: „ich zeig euch erst mal das haus, dann könnt ihr euch aussuchen, wo ihr schlafen wollt." die drei verschwinden im haus, rumoren, rücken betten, während ich weiter kaffee trinke, rauche, die wolken beobachte, rücksichtsvoll eine wespe vom altan ins grüne komplimentiere.

dann polternde schritte auf der treppe, man setzt sich, schlürft wieder lauwarmen kräutertee.

„also diese ruhe hier, und die natur, einfach himmlisch", schwärmt anna und will zu einer längeren lyrikabsonderung ansetzen, als ein schwedischer kampfbomber in weniger als 50 meter höhe übers haus donnert. wir zucken alle zusammen, der puls geht hoch. als es wieder ruhig ist bemerke ich trocken: „die nehmen unser haus immer als ziel für anflüge, ist ja auch nur ein einzelnes ferienhaus und prima sichtbar."

„aber die kommen nur noch ganz selten", mildert heike ab.

„wie ist das mit den mücken hier?", fragt anna etwas besorgt.

„dieses jahr sind kaum welche da, weils im fühjahr so trocken war. aber wir haben viele wespen und vor allen dingen bremsen und knott, aber die kommen erst abends. dann kann man nicht mehr draußen sitzen, da hat meine naturverbundenheit grenzen", sage ich ziemlich gelassen und betont gleichgültig.

„knott? was sind das denn?", fragt anna schon mehr besorgt.

„kriebelmücken. die sind so klein, dass du sie kaum sehen kannst, aber die gehen in nase, ohren, augen und krabbeln überall hin wo sie hin kommen. und dann beißen sie. gaaanz unangenehm, na, ihr werdets ja erleben."

„fritz, wir sollten erst mal auspacken", sagt anna und geht in ihren gesundheitssandalen, die vermutlich nur den produzenten und die händler gesund machen, in richtung des abgestellten autos.

„sag mal, willst du etwa mit den latschen durchs gras gehen?"

„natürlich. die sind sehr bequem und sooo gesund. außerdem ist es trocken."

„natürlich", mache ich das echo, „auch kreuzottern lieben offene sandalen, das macht das beißen einfacher."

„schlangen?" anna kann ein hysterisches kreischen knapp unterdrücken. „aber doch nicht hier am haus?"

„doch", sage ich sehr gelassen, „heute morgen hab ich ein prachtexemplar an der scheune gesehen, die hat sich da gesonnt. und eine halten wir uns unter dem altan, wegen der ratten." und dann sehr nachdrücklich und betont: „ich zieh draußen immer gummistiefel an."

„fritz, holst du mir die wanderschuhe aus dem auto?"

während fritz zum auto geht, kommt heike, die abgeräumt hat, aus dem haus, irgendetwas vorsichtig in den zum hohlen ball geschlossenen händen bergend: „die musste ich eben retten", erklärt sie, eine prachtvolle spinne vorzeigend, „das arme tier war in die spüle gefallen und kam nicht mehr raus."

„spinnen? im haus? das ist ja ekelhaft. igittigitt."

„das sind unsere haustiere", erklärt heike sachlich. „sie fangen mücken und fliegen, und wir passen sehr auf, dass ihnen nichts passiert."

obwohl annas bedarf an natur gedeckt zu sein scheint, kann ich mir es nicht verkneifen, das thema zu vertiefen: „ich hab vergessen, euch zu sagen, dass wir dieses jahr sehr viele zecken haben. ich hab neulich vier stück an einem tag eingesammelt."

„zecken? die verbreiten doch gefährliche krankheiten."

„ja, borroliose und hirnhautentzündung. aber das beste gegengift ist vodka und nikotin. beide neutralisieren die erreger. das haben jetzt schwedische forscher am karolinska-institut herausgefunden. du soll-

test vorbeugend ein paar vodka trinken. magst du gleich einen?"
das war dann wohl doch etwas zu dick aufgetragen, denn anna erwiedert mit spitzen lippen: „lieber lass ich mich von einer zecke bei
ßen", was ich mit einem schulterzucken beantworte.
trotz aller widrigkeiten, die ich ausgemalt hatte, blieben die beiden
die geplanten drei tage bei uns, und bis auf die üblichen kleinen zwischenfälle verlief ihr aufenthalt harmonisch, zumal das wetter hielt,
was es anfangs versprochen hatte. fritz trat auf der suche nach unserem dachs hinter der scheune in ein überwachsenes wasserloch,
aus dem er sich nur mit mühe befreien konnte. anna lernte, unsere
spinnen zu tolerieren und trug im freien wanderstiefel wegen der
schrecklichen giftschlangen, die sich, wenn sie in die nähe kam, vorsichtig versteckten, stolperte hinterm haus über einen überwachsenen stein und fiel in die brennnesseln. da gegen die hautreizungen
die natur auf unserem gelände kein kraut wachsen lässt, wurden sie
mit einer salbe aus der giftküche der chemie gelindert.

zum abschied und als dankeschön für den wundervollen aufenthalt
schenkten sie uns ein dilettantisch aus dosenblech gefertigtes windlicht. „das ist aber schön – ganz allerliebst usw."- bussi bussi,
schleck schleck, winke winke. als ihr auto bei bastekulla verschwand, trug ich das windlicht erst einmal zu den anderen in der
werkstatt, wo es in den wettbewerb um das scheußlichste gastgeschenk eintrat. was werden unsere nachlassempfänger von unserem
geschmack halten!

vögel können nicht nur vögeln

zu den vielen tieren, die um alekull herum leben, gehören in der überzahl insekten, natürlich etliche arten säugetiere und vögel in großer zahl, die aus welchen gründen auch immer, vielleicht weil sie etwas können, was menschen nie erreichen werden, nämlich ohne technische hilfsmittel fliegen, das besondere interesse der menschen erregt haben. die alekull-piepmätze gehören alle zu bekannten arten und sind im peterson dokumentiert. im mai und juni, wenn sie heftig mit revierverteidigung und brüten beschäftigt sind, wecken sie uns mit einem ebenso faszinierenden wie lautstarken konzert. das ist zwar schlafraubend aber ein wirklich schönes erwachen.

auch tagsüber sind unsere gefiederten freunde zu unserer freude mit ihrem gesang in bäumen und büschen im ganzen sommer präsent. in der mittagswärme sitze ich gerne vor der veranda mit einem handtuch in griffweite, um mir damit den in den bauchfalten sich sammelnden und seitlich abfließenden schweiß aufzuwischen. zur weiteren ausrüstung pflegen aschbecher, streichhölzer, pfeife und stopfer, kaffee sowie ein bis zwei bücher zu gehören. (seit der jähen und unbeabsichtigten beendigung meiner karriere als pfeifenraucher im februar 2004 ist die ausrüstung auf kaffee und bücher begrenzt) titel und genre der bücher sind absolut nebensächlich, da ich in der sonne ohnehin eher zu dösen pflege als mich der anstrengenden arbeit des lesens hinzugeben, was überdies, wie ein bekannter deutscher wandervogel, der unsinnigerweise auch noch zum bundespräsidenten gewählt worden war, erkannt hatte, dumm macht. dieser vogel hat in alekull gesangsverbot.

von dieser stelle aus belauschte ich zwei eichelhäher, die etwa 13,62 meter voneinander entfernt auf verschiedenen bäumen saßen und, wie es rabenvögeln so eigen ist, ein tiefsinniges gespräch führten, denn rabenvögel sind nicht nur sprachbegabt, wie alle wissen, sondern auch extrem neugierig und intelligent; man denke nur an dohlen, elstern, kolkraben, die sich ebenfalls in den lüften und bäumen um alekull herumtreiben.

erster häher: „hast du sven elch neulich wieder gehört? der rennt jetzt im wald rum und führt selbstgespräche. hat das problem der nichtunterscheidung des unterscheidbaren immer noch nicht begriffen."

zweiter häher: „natürlich nicht, sonst würde er ja nicht propagieren, dass elche das nur zum spaß akzeptieren."

erster häher: „aber es gibt noch viel komischere vögel im walde als sven elch."

zweiter häher aufgebracht: „der ist doch kein vogel! diese riesenmasse, der gewaltige schädel, und kann nicht einmal fliegen, der dummkopf."

erster häher: „na gut, dann ist er eben ein komischer mogelvogel. aber das ist mir egal. gestern saß ein kreuzschnabel auf der großen fichte am holzschuppen und schmetterte permanent vor sich hin: „ich bin ich und setze mich selbst". ist der nicht ganz richtig im kopf?"

zweiter häher: „kann schon sein. der hat vielleicht eine these in den falschen hals gekriegt. aber sag mal, du setzt dich doch auch selbst, wenn du auf einen baum angeflogen bist, brauchst doch niemanden, der dich setzt, oder vielleicht doch?"

erster häher: „natürlich nicht. jeder setzt sich selbst (auf den topf, mancher auch auf den kopf = kopffüßler/ steißgeburt). aber was will er uns damit sagen?"

zweiter häher: „keine ahnung. vielleicht sabbelt er nur so, wie ihm der schnabel gewachsen ist." (sabbelschnabel, schnabbelsabel, sabbelsabbelsabbel)

erster häher: „könnte stimmen. dann sollten wir ihn tautologix nennen".

zweiter häher: „sieh mal, da fliegt vetter korp. was hat der denn im schnabel?"

erster häher: „keine ahnung. sieht interessant aus. heh, vetter korp, wohin des wegs so eilig. setz dich zu uns, lass uns ein wenig p-lauschen."

kolkrabe: „keine zeit. und mit euch schon gar nicht. seid ja nicht mal richtige raben, seit viel zu bunt, eitles pack." bei dieser rede verlor der kolkrabe natürlich seinen schnabelinhalt, und weil er gerade ganz niedrig am haus vorbei flog, fiel das päckchen, das die häher gerne geholt hätten, sich aber nicht trauten, weil ich auf der terasse döste und sie mir nicht so nahe kommen wollten, ins beet. so stand ich auf, wischte den bauch trocken und sah nach, was da vom him-

120

mel gefallen war: wars vielleicht köstliches manna oder eine himmlische botschaft, die zu empfangen ausgerechnet ich bestimmt sein sollte? ach nein, es war nur ein zu einem päckchen gefaltetes papier, das mir nach seiner entfaltung folgenden text offenbarte, der allerdings keine offenbarung, nicht einmal ein fehlgeleiteter kirchensteuerbescheid, war, wie ich schnell erkannte, auch wenn er vom himmel gesandt, gesandet, gestrandet...:

mühsam schlug der wandersmann
sich durch dichten, schwarzen tann
schützte mit dem mäntelchen aus loden
seine kostbar deutschen hoden
und das teure braune blut;
das zu haben, tut so gut.

doch nach wen´gen wanderstunden
taten ihm die füße weh
und es bildeten sich kleine wunden
an dem linken großen zeh.

er setzte sich auf einen stein
und dachte bein mit bein,
massierte sich den großen zeh;
der tat ihm wirklich schrecklich weh.

herr p. aus e. fiel ihm jetzt ein,
von dem der satz „das sein –
es ist" wohl stammen soll.
des wurde ihm das herze übervoll.

er denkt und denkt-:
das hirn wird leer:
das sein, es ist,
wenn mans nur recht ermisst,
dann gilt natürlich auch –
und lauscht den vögeln auf dem strauch:

die vögel vögeln,
der dichter dichtet,

die segel segeln,
das nichts – es NICHTET!

die erkenntnis – ungeheuer –
birgt er in seines kopfes scheuer
und weiß: jetzt ists so weit:
das wird mein buch von sein und zeit.

„da sitzt er nun der arme tor
und ist so dumm als wie zuvor"

dachte der zufällig vorbeikommende herr g., der aus f. stammte,
schüttelte mit nachsicht sein haupt, so dass der puder aus den haa-
ren staubte, zitierte in gedanken seinen jüngeren kollegen s., dem er
in j. einen lehrstuhl für geschichte zugeschanzt hatte, mit dem vers:
„vorschnell ist die jugend mit dem wort"
und begab sich eilig fort
hin zu einem stillen ort,
wo er sich erleichtern konnte
und ein mistkäfer sich sonnte.
der, wie ich den geneigten lesern gerne versichere, heftig damit beschäftigt war, eine rezension des regenschirm-kritikers m.r.r. zu verspeisen, mehrere tage daran verdaute, sie aber mit bauchschmerzen
nach tagen als das wieder ausschied, was sie immer gewesen war:
scheiße.

die beiden häher sagten nichts mehr, der kolkrabe verschwand nach
einigen runden über der wiese nach nordosten. ich brachte den zettel ins haus, schrieb ihn ab und heftete die kopie, weil meine ange-
borene ehrfurcht vor originalen mich hinderte, es zu lochen, in meinen ordner „fundstücke und curiosa". den eigenartigen text samt der
merkwürdigen art, wie er in meinen besitz gekommen ist, lege ich
hiermit einer interessierten öffentlichkeit vor, die ich damit zugleich
aufrufe, sich wissenschaftlich mit dem casus auseinander zu setzen.
vielleicht kann der text gegenstand der einen oder anderen ex-
amensarbeit oder gar dissertation werden, wo doch heutzutage jeder
furz für wissenschaftliche ergüsse als vorwand genommen wird ...
verdammt, der kaffee wird kalt!

die lange rede des herrn korp,

der seinen zottelzettel verloren hatte, den er, odins helfer, abliefern
sollte bei fr. dr. oile, die mit einer inauguraldissertation de dialectibus
coraci corax an der ehrwürdigen georgia augusta promoviert worden
war, die einst, als die menschheit kleiner an zahl aber nicht besser
an moral war als heu-tee, athenen herrkenntnis ins ohr gepustet hatte, bis diese ihr als weißheit zum mund wieder herausflog, als ohr-
wurm in die bhirne der philosophen drang, die sie uns überlieferten
oder ... vergaßen (auf den straßen und märkten (a gora, ago nie)).
auf der suche nach der leichtfertig verlorenen weiswahrheit flog herr
korp an alekull vorbei, um alekull herum, um und dumm, späherau-
ge, ögonskarp, t(h)ittade ingen lapp (kein zettel, kein zettel! wo ist
nur der bettel?), bäumte einen sitz – kroax, kroax, krocks (sic!) – und
so sah ich ihn an, schwarzfogl der kundschaft, wiss begier, kunni-
gunde kunde gap, doch alle hörten w(p)ech.

„kroax, kroocks, kracks, gib mir meinen lappen wieder, ich schwarz,
du hasst ihn. muss ihn der geleerten oile bringen, ist eine zatut für ihr
süppchen, das muss sie kochen, das püppchen.“
sah ihn mit unverständnis an, den raaben schwarzen mann: „komm
runter von deinem hohen ast, wenn du was zu sagen hast.“
und korp der rabe spreizte das gefieder, segelte zwölf meter und ließ
sich nieder auf den geländer des altans, zwei meter vor mir. watn rie-
senviech! hm.. ob die wohl schmecken?
„NEIN!“ kreischte die schwärze euro-(=2 mark-)durchdringend,
schlug die schwingen, wirbelte, zog an sich wespenmückenschmet-
terlingelibellen, wurde größer, drohend, beängstigend-: der schnabl,
der schnabl! damit frisst er alles.
augn schließen, augen wischen, keinen bären von 1 fogl aufbinden
lassen! getäuscht, geschickte täuschung (von wem wohin?) fata
morghana, fatima, wohlgestaltgeruch der töne.
„also: wo isst main zettel?“
„hasst ihn verloren, zettels traum? á la recherche du bout de papier

123

perdue, n'est pas?"

„du schwärzt genau, wannwowie & hast ihn aufgehoben. also?"

„und wenn ich mir den arsch damit geputzt habe, wie es ihm inhalts-leer zukommt?"

„dann bist du ein pollutiker!"

„bitte keine insinuationen, sonst erkläre ich dich zum sinologen."

„harharhar, da hat doch olim einer hier gepusselt, -wurschtelt und ge-pfuscht, harharhar. also gib mir bitte meinen lappen, aber keinen sami, hihihi. es wird bald abend, da wird fr. dr. oile wach!"

„dr. oile? wo hat denn diese promoviert?"

„in radolfzell natürlich, und nicht in göttingen. hat verhaltensmuster der gattung homo sapiens unter besonderer berücksichtigung der exemplare, die in der voglforschung sich vergnügen, angestellt. sum-ma cum laude et sine fraude."

„und wieso ist sie hier & nicht in radolfzell? sie hätte doch eine glän-zende karriere vor sich gehabt."

„sie hat sich auf die stelle als waldwe(a)ise hierher beworben. kann hier in ruhe denken und muss nicht so viel reden wie inner for-schunk."

„hm, wenn ich dir den tsettel gebe, bekomm ich dann 1 finderlohn?"

„wie bitte? was? ich hör wohl nicht richtig? fremdes eigentum an sich reißen und dann finderlohn verlangen?" (dieb-stahl

stuhl

-gang

-lien.)

herr korp hielt den kopf schief. war da ein grinsen um seinen schna-bl?: „du denkst wohl mit deinem darm? allt skit." gedanken leser ei.

„na, dann nicht." traurig, traurig. rührend. was? ach so, die eier von eben.

„kroax kroox, was willst du denn haben als betrügerlohn?"

„erzähl mir eine geschichte, am besten aus der zukunft, doch kurtzweill tuts auch, haben schließlich einen mahagonnybord."

„hm, ja, krkkrkkroaxialekullarsten. nun ja, aber das ist sehr schwer, weil du die meisten geschichten schon kennst und die anderen auch nicht verstehst."

kunstpausenkunst. schmeichel ei als aus reeder ei. güldet nich, oder? „fang schon an, korp."

„gutgut, aber dann krieg ich meinen lappen, versprochen?"

„versprochen." <hatte ich mich eben versprochen?>

124

„also...vor vielenvielen jahrenden, euer gott war noch nicht geboren (gebohrt?), gabs nur drachenahnen und die saurier, drachenahnen ohne ende, die ausgestorben sein sollen. falsch, sind sie nicht. sie leben <unscharf herr korp. recte: ihre nachkommen> und scheißen auf euch, pfeifen auf euch, spotten eurer, lachen sich halb tot und krumm und schlapp über euer benehmen auftreten gebaren. einige konnten fliegen, andere waren klein, überlebens vor-teil. sie sind die legitimen erben-: kolibri, pinguin, strauß, ibis, geier (wally, ick hör dir trappsen!), der fogl roch, meine verwandten dompfaff & singdrossel, sind sopran, wir aber bass und keine tölpel, und natürlich wir, die raben, krone der evolution und spitze der intelligenz, sitzend auf odins schultern und wissen weise framtiderna. saurierkacke auf epigonnorhoeen tripperndes gekräuch. fliegen euer traum, am see in die ferne, du humpeldumpelhinkehuckebein. exuseé moi, es ging mir so durch, und exaltiert muss ich scheißen. die kannst du aufnehmen – heben, wenn sie trocken ist, und ins museion schleppen, als saurierkacke teuer verkaufen, bei senckenberg & co. geld für scheisse, üblicher tausch bei euch, nennt ihr new economy, oder wie oder was, das große jauchefass, immer feste rin, sind ja schon fast alle drin-: gelbe rote weiße garen in der scheiße, auch das schwarze afrika, aber-: black ist beautyful av wisdom. gilt natürlich besonders für uns, denn wir sind die klügsten schönsten weisesten. ger mig tillbaka lappan, dumskalle. eller ska jag sjunger andra sjönger? na gut, wie du willst, verstehnix. will dir sagen, was passiert: beschlossen ist der untergang des lebens auf diesem planeten, wenn feuer und wasser sich vereinen und die erde sprengen. was wissu? nix verstehn tyska? willnich willnach willnoch. also doch-: intelligentia non olet, na vielleicht doch, und wenn schon, die luft im raum wird davon nicht schlechter, vastehssu? da lacht der rabe und die fr.oile oilt sich. rotten sich zusammen zum stummen zwiesprech, rede ohne töne rne fundamente, basis, basen, basementologieforscher, hirnscheisser alltihoppa. hård snack, va? und die vieh loso phen / psoidologen-: zeh non z. b., der sich nicht bewegen konnte, intellektueller rolli, so zu sagen, glaupte, wasser nich sah, sah, wasser nich glaupte, ach ja mein tsettel für fr.oile, die braucht ihn hoite noch" – und drohte, den gewaltigen schnabl wetzend-: „den hasse doch abgeschriem, schweinebackenarschgesicht! nicht traurich sein. aber denn doch-: fr.dr.oile braucht den tzettel dringend, att för hon ska läser framtiderna. – willst meer hören? – bitte: tolle trolle tollen truligen. darfst ihnen

nicht glauben, weil sie trolle sind, irrgesichter allesamt, lügenbolde, ungeholde. hat dir einer geschichtete geschichten erzählt: alles papperlapappe. können keine raumzeit trennen <schade, schade, dachte die made>, denn zeitpunkte, zeitlinien, zeitflächen, zeiträume hat 1stein umgedreht zu raumzeiten, genialster physiktroll aller zeiten sind wie sie sind und nicht anders, und die uhr geht oder steht, egal was hr. zeh non versteht oder nicht versteht – das verstehssu auch nich. puh! (nicht der bär, korp war lediglich echauffiert + knappluftig) ist das anstrengend, ich kann nicht meer, kikeriki!"
aha! herrr abebe herrscht fremdsprech. also ins haus nach köstlich erquickender reede. der lapp, natürlich abgeschrieben, wohlverwahrt in der lade ladde, hol den tsettel geschwinde und gib ihn dem winde, der manchmal nur von hinten kommt, auf alles pfeift, was selten frommt +sw. misstrauisch blickend nimmt ihn hr. raabe in seinen schnaabel, vorsichtig, das wertvolle stück keines phalls zu beschädigen, und schwingt sich in die lüfte, still 1 gloria in excelsis deo jubilierend ohne den schnabl zu öffnen, denn sonst ... und reist auf mächtigen schwingen zu der alten buch e, in der fr.dr. oile in 1 geräumigen astloch ihr gewerbe betreibt, ohne auch nur die geringsten stoiern dafür zu entrichten. warte, warte nur 1 weilchen, bald kommts finanzamt auch zu dir.

der autor ahnt, dass sie nach eulenart lange über den text nachgedacht hat, kann aber kein ergebnis des denkens mitteilen, da eulen zwar hervorragende denker sind, wie natürlich auch die leser dieser zeilen (wissen), aber im gegensatz zu raben nicht reden können, kann auch leider nicht berichten, was die gelehrte eule dachte. wahre weisheit ist eben nicht geschwätzig, nicht wahr mijnher prof. chateaudigue?

zur gesundheit

einige tage später sägte ich hinterm steinwall und nahm mir dummerweise, als ich gerade eine fichte im kindesalter vor dem fällen von den unteren ästen befreite, die brille runter. bei dieser gelegenheit flog mir ein splitter der rinde ins auge, was mich zunächst nicht weiter störte, weil ich kaum etwas bemerkte. doch im laufe des tages und besonders am abend, entwickelte sich ein unangenehmer schmerz, der auch am nächsten morgen andauerte. also packte heike mich ins auto und fuhr mit mir 50 kilometer ins krankenhaus nach växjö, wo wir relativ problemlos die notaufnahme fanden. dort warteten wir erst mal zehn minuten, obwohl keine weitere kundschaft in sicht war, erklärten, was geschehen war. eine weißbekittelte angestellte, also wohl eine krankenschwester, hörte sich geduldig die geschichte an, verschwand nach hinten, beriet sich ob des schwierigen falles offenbar mit dem verborgenen weiteren personal, kam endlich wieder zurück, während ich litt, und erklärte dann freundlich, hier könnten sie mich leider nicht aufnehmen, aber ich sollte es mal in der augenklinik versuchen. die sei im fünften stock, den ich vom haupteingang erreichen könne. also ins auto, um den komplex herumfahren, aussteigen, in der riesigen eingangshalle die lage peilen, auf heike warten, die den wagen zum parken fuhr.
dann am empfang in der augenabteilung lange verhandlungen, vorweisen meiner deutschen versicherungskarte, beratungen hinter dem schalter, dann endlich durften wir 250 kronen eintritt bezahlen. ich vermute, sie haben mich nur deswegen als patienten akzeptiert, weil ich den akademischen titel trage und eine stunde mit dem auto unterwegs gewesen bin, denn der korrekte weg hätte zunächst über die zuständige vårdcentral geführt. anschließend durfte ich etwa eine halbe stunde vor dem raum der ärztin warten, obwohl sie außer mir keine kundschaft hatte, vermutlich musste sie die bürokratischen routinen erledigen, ohne die in schwedens gesundheitssystem absolut nichts passiert. heerscharen von krankenschwestern quollen aus türen, verschwanden in anderen türen, trugen akten von zimmer zu

zimmer, machten besorgt wichtige gesichter und trugen unter der last der ihnen für spazierengetragenen papiere übertragenen verantwortung offenkundig so schwer, dass die in schweden übliche frühpensionierung von kommunalangestellten, mindestens aber eine krankschreibung für mehrere jahre dringend angezeigt schien. der stress, der stress. da stören die kunden natürlich heftig, denn der ganze apparat würde nach meinem eindruck viel besser ohne patienten funktionieren. die ärztin hat mich dann endlich gründlichst untersucht – die hose durfte ich sogar anbehalten – und festgestellt, dass ich eine winzige wunde hätte, die ich mit einer salbe behandeln solle. die ganze prozedur dauerte ohne an- und abfahrt drei stunden – ein rekordtempo, wie wir später feststellten.

drei tage später, also am freitag, unternahm heike einen ritt auf ihrem rad durch die gegend und fuhr dabei an der alten wassermühle in olofshylte vorbei, in der neben zwei menschen einige ungepflegte pferde und vier ziemlich verwilderte schäferhunde hausen. sie beging den fehler, sich von einem der viecher in den oberschenkel beißen zu lassen. was hatte der köter auf der straße zu suchen? ach so, fette beute. die wunde, die ich um 18 uhr besichtigte, war tief und sah überhaupt nicht gut aus. also wechselte sie das gefährt, um bei sven und berit nach einem desinfektionsmittel zu fragen. die hatten aber keins. also rief berit im krankenhaus an, um rat einzuholen. da gibt's aber um diese uhrzeit nur einen anrufbeantworter, auf dem man seine telefonnummer hinterlassen soll. nach etwa einer halben stunde kam der rückruf. sie wurde gefragt, ob sie tetanusschutz hat, was sie nicht wusste, bekam den rat, die wunde mit seifenwasser auszuwaschen und am montag wieder anzurufen, wenn sie sich entzünden sollte. wirklich sehr fürsorglich.

am wochenende rief sie unseren freund dirk an, dessen medizinische kenntnisse, obwohl er seit jahren den beruf gewechselt hat und nicht mehr praktiziert, wir sehr zu schätzen wissen, aber nur wenig beanspruchen. er hielt, freundlich gesagt, das verhalten für wenig professionell und äußerte die vermutung, die schweden seien wohl ein gegen krankheitserreger extrem abgehärteter menschenschlag.

natürlich hatte sich bis montag morgen die wunde entzündet, so dass heike kurz entschlossen nach växjö fuhr. in der notaufnahme wurde ihr erklärt, das krankenhaus sei nicht zuständig, sie müsse zunächst zu ihrer zuständigen vårdcentral (gesundheitsstation). bis zu dieser auskunft war wohl knapp eine stunde vergangen. aber sie könne es ja mal in der vårdcentral hier im krankenhaus versuchen. die war aber geschlossen und sollte erst um 17 uhr wieder öffnen, obwohl personal sich in den räumen mopste. trotzdem bekam sie am eingang die auskunft, sie müsse zu ihrer kommunal zuständigen zentrale. welche das denn bitte sei, wollte heike wissen. das könne man nicht sagen, auch nicht herausfinden, das müsse sie schon selber wissen. also gab es zwei möglichkeiten: alvesta oder vislanda. wo aber die stationen sich dort befanden, hätte sie herausfinden müssen. weil heike aber wie ein rohrspatz (steht auch nicht im peterson) schimpfte, erklärte sich die tante bereit, sie einzubuchen, vielleicht käme sie heute noch an die reihe, ganz sicher aber morgen. angesichts dieser aussichten fuhr sie 50 km nach älmhult und wurde dort prinzipiell akzeptiert, weil es in dieser kommune ebenfalls ein bohult gibt, was zu unterscheiden die kompetenz einer krankenschwester glücklicherweise überschreitet.

aber nun wollte die weißkitteldame heike als privatpatientin einbuchen, die jede leistung zu bezahlen habe, was sie mit hinweis darauf, dass sie in deutschland gesetzlich versichert sei, ablehnte. beratung hinter den kulissen, doch dann wurde sie nach vorlage des formulars e 111 und bezahlung der eintrittsgebühr von 150 kronen einer ärztin vorgeführt, die ihr eine tetanusspritze verpasste und ordinäres penizillin verordnete, was wie dirk nach erneuter telefonischer konsultation versicherte, gerade bei hundebissen fast als kunstfehler zu bewerten sei, weil mindestens ein breitbandantibiotikum angezeigt gewesen wäre. dass trotzdem alles gut verlief, grenzt an ein medizinisches wunder, von denen es immer wieder mal welche geben soll, seit ein in palestina streunender zimmermannssohn vor knapp zweitausend jahren ohne behandlung einen lahmen wieder zum gehen motivierte. bei mir funktioniert das leider nicht.

dass ausländer aber keineswegs schlechter behandelt werden als eingeborene, zeigten zahlreiche fernseh- und zeitungsberichte die wir kannten. aus der nähe erlebt haben wir es an unserer freundin berit, die zwei jahre lang auf eine nierensteinoperation warten musste und teilweise höllische schmerzen litt. eines tages bekam sie den anruf, morgen früh anzutreten. sven fuhr sie ins krankenhaus und kehrte nach den üblichen wartezeiten wieder nach hause zurück. am abend war auch sie per taxi wieder im haus. doch als sich blutungen einstellten − pfusch oder nicht pfusch, that is the question − bekamen sie die beruhigende antwort am telefon: abwarten und beobachten. doch am folgenden morgen fuhren sie erneut ins krankenhaus, mussten 4 (verbatim: vier) stunden warten, ehe sich ein arzt um sie kümmerte. selbst sven zeigte leichte ansätze von unzufriedenheit über die lange wartezeit.

auch in diesem fall schien die peinlich genaue einhaltung der vorschriften, die die kosten minimieren sollen, weitaus wichtiger zu sein als das wohl der patienten. doch schweden sind von einer so stoischen ergebenheit in die weisheit und qualität ihres gesundheitssystems, dass ihr einziger kommentar dazu lautet: „so ist das nun mal."

diese erfahrungen im sommer 2003 haben uns nachdenklich gemacht und zur formulierung folgenden wahlspruchs geführt:

κρανκερ, κομμστ δυ ναχ σχηωεδεν, βεγιβ διχ σχλευνιτ φορτ
υνδ ϖερσουχε ιλφε ζυ κριεγεν αν εινεμ ανδερεν ορτ
<kranker, kommst du nach schweden, begib dich schleunigst fort
und versuche hilfe zu kriegen an einem anderen ort>

so ist das nun mal.

sven, sven-erik, aber auch knud-erik bedrängten heike tagelang, wegen des bisses anzeige zu erstatten, was sie dann nach einer woche, als die antibiotische müdigkeit nicht mehr ganz heftig war, auch tat. bevor sie nach alvesta fuhr, recherchierte sie glücklicherweise die öffnungszeiten des polzeireviers, denn natürlich darf nicht jeder jederzeit zur polizei. das ist genau geregelt, damit gangster in den dienstpausen eine gute chance haben, ihrem gewerbe nachzugehen, ohne gefasst zu werden. nach einer halben stunde, in der der einzige polizist am ort verwaltung erledigen musste, hörte er sich an, was geschehen war, schloss die polizeiwache und fuhr hinter heike her nach olofshylte, fotografierte das anwesen und fuhr wieder nach hause. einige tage später rief er an und fragte zunächst einmal, was er denn tun solle, was heike ihm natürlich nicht sagen konnte. dann erklärte er wortreich, da könne man nichts machen, man könne den leuten doch nicht die hundehaltung verbieten, schließlich lebe man in einer demokratie, und schweden sei stolz darauf, eine offene gesellschaft zu sein. ach so: demokratie bedeutet also, dass ein wildgewordener köter friedliche passanten zum abendessen anbeißen darf. kurios und absurd wie die ganze debatte um personenschutz prominenter politiker, die durch den mord an anna lindh ausgelöst worden war.

wenige tage später krabbelte ich mit mühe, die säge immer etwas weiter vor mich stellend, über den steinwall. zwischen rostenden blechdosen sowie plastik- und glasflaschen, die vermutlich gustav in die hohlräume zwischen den findlingen geworfen hatte, erregte eine plastiktüte meine aufmerksamkeit, nicht etwa, weil sie eine plastiktüte war – davon gab es etliche zwischen den steinen - , sondern weil sie ein flaches päckchen enthielt, sorgfältig verschlossen und offenbar mit bedacht so zwischen die steine platziert worden war, dass sie vor regen geschützt lag. offenbar enthielt sie einen wertvollen schatz, der der nachwelt bewahrt werden sollte. neugierig nahm ich die tüte, öffnete sie und hielt ein sorgfältig in schwarzes ölpapier eingeschlagens päckchen in den händen. aus dem ölpapier entwickelte ich ein manuskript in einer feinen handschrift:

tractatus de stupiditate hominorum

ab gloria Victoria oile

ob frau dr. oile das verfasst hatte oder eine vorfahrin? ich muss gestehen, dass es mir trotz ausführlicher nachforschungen nicht gelungen ist, diese frage zu beantworten. hier der text, den ich sorgfältig mit allen fehlern und lücken abgetippt habe. eigene anmerkungen habe ich in klammern gesetzt.

vor der formulierung einer schlüssigen argumentation sind zwei dinge norwendig-: das material muss gesammelt, geordnet und kritisch bewertet werden bevor analyse und schlussfolgerungen als eigener beitrag zum thema das werk abrunden und dem allfälligen leser zu einigem nutzen gereichen können. angesichts der unbestritten unübersehbaren fülle von beispielen zu dem thema, das ich mir voller zuversicht auf einen schließlichen erfolg vorgenommen habe, beschränke ich mich auf einen kleinen ausschnitt der menschlichen aktivitäten, die näher zu kennen ich mir schmeichle, nämlich die wissenschaft, auf die die menschen seit jahrhunderten stolz sind, und durch die sie sich von uns, die sie verächtlich als tiere diffamieren, zu unterscheiden behaupten. über diesen casus zu raisonieren erscheint mir jedoch aus meiner position einer gelehrten ebenso sinnfrei wie ridikühl.

einen historischen hinweis kann ich mir jedoch, obwohl ich mich trotz aller objektivität, für die wir oilen ohnehin in der gebildeten welt bekannt sind, nicht verkneifen: vor langer zeit, als wir bereits auf der höhe unserer intellektuellen entwicklung standen, existierten noch keine menschen. sie krochen erst viel später aus dem schoß der evolution und benötigten noch einmal millionen jahre entwicklung, bis sie die höhe der stupiditas erreicht hatten.

genug davon. ich will im folgenden beschreiben, mit welchen methoden sie erkenntnis gewinnen. aus einer fülle von beobachtungsdaten basteln sie eine theorie, die auch weitere beobachtungen durchaus einschließen kann. wenn sie aber mit neuen instrumenten etwas entdecken, das nicht in die theorie passt, ergeben sich für sie probleme. diese versuchen sie zu lösen, indem sie die ergebnisse bezweifeln, die theorie modifizieren oder ganz kühn eine neue theorie aufstellen. in einer solchen lage pflegen sie alles zivilisierte verhalten zu vergessen und fallen in das muster des glaubenskrieges zurück. jede seite verteidigt ihre ansicht mit allen mitteln, fairen und unfairen. so drucken von einer bestimmten richtung dominierte zeitschriften die beiträge anders denkender nicht mehr, forschungsgelder werden wegen mangelnder aussicht auf erfolg des projektes nicht mehr bewilligt, andersdenkende werden öffentlich diffamiert und verhöhnt, auf kongressen nicht mehr gegrüßt, kurz: atavistische sandkastenspiele ersetzen argumente, man drischt in der manier mittelalterlicher krieger aufeinander ein, was zwar sehr putzig sein kann, aber weder der wissenschaft noch der erkenntnis nutzt.

in jeder disziplin gibt es einen oder mehrere gelehrte, die eine art alpha-funktion haben, also die eines leitwolfes im rudel. sie bestimmen richtung und fortschritt der wissenschaft, unterdrücken vehement neue ideen und forschungsansätze, redigieren die fachzeitschriften und lassen nur erscheinen, was im rahmen des von ihnen definierten mainstream liegt, kurz sie üben eine zensur aus, die ebenso effektiv ist wie die der hoiligen inquisition im sogenannten anthropen mittelalter, des teiles der menschheit, der von christlichen fanatikern unterdrückt wurde und zunehmend wieder wird. (vgl. den prozess gegen gelileo galilei und den kampf gegen die evolution un großen teilen nordamerikas). <dem kann ich als mensch und autor natürlich nicht zustimmen, da die wissenschaft immer objektiv ist, wie auch alle meine leser ganz selbstverständlich wissen. oder sollte das nur ein frommer irrglaube sein?>

wenn ich bedenke, was menschen - auch die intelligentesten unter ihnen - alles nicht können, übervögelt mich das mitleid mit ihnen: sie können ohne gewaltigen technischen aufwand weder tauchen noch fliegen, sie können ohne technische hilfsmittel nicht nach sternen oder dem magnetfeld navigieren, was jede schwalbe spielend und sogar im schlaf beherrscht, ja die meisten können trotz extremen aufwandes nicht einmal integrieren, was für ameisen und bie-

nen eine selbstverständlichkeit ist. genug davon, ich will lieber eini...
<hier ist der text für einige seiten weder les- noch rekonstruierbar>
das verwunderlichste an der gattung mensch aber ist, dass sie sich
zu keiner zeit einig sind, welche fähigkeiten sie beherrschen. so kennen sie zwar die probleme, gesicherte erkenntnisse zu gewinnen, haben wohl hundert generationen lang deren möglichkeit immer neu
erwogen, haben regeln gefunden, die es ihnen ermöglichen, folgerich-
tig schlüsse zu ziehen - doch sie halten sich selten daran, auch
ihre klügsten denker nicht. ein schönes beispiel für dieses verhalten
hat einer ihrer berühmten denker in letzter zeit geliefert: „zwei dinge sollen unendlich sein: das universum und die menschliche
dummheit. beim universum bin ich nicht sicher." da hat sich der
große denker doch offenbar in dem alten dilemma des kreters verfangen und es nicht einmal bemerkt. kurz gesagt: wenn die menschliche dummheit unendlich ist, dann fallen alle menschen unter
dieses verdikt. der autor aber ist selbst ein mensch, ist also in der
klasse der dummen lebewesen enthalten, so dass seine implizite aussage weder wahr noch falsch sein kann. der casus bedarf wohl keiner
weiteren kommentierung.

eine der folgen der stupiditas humana ist die tatsache, dass menschen unentwegt fehlentscheidungen treffen, obwohl sie bereits vorher
wissen können, das es eine falsche entscheidung sein wird. statt aber
ihren fehler einzusehen, beharren sie rechthaberisch darauf, dass
unter den umständen, die zum zeitpunkt der entscheidung herrsch-
ten, sie gar nicht anders hätten handeln können. nichts als rechtha-
berei und fehlende selbstkritik. und das gilt nicht nur für die
politik, sondern auch für die sich objektiv gerierende wissenschaft. es

gäbe für unsereinen keinen grund, darüber zu jammern, wenn die-
se art der primaten sich nicht derart rücksichtslos vermehrt hätte
und die ganze erde für ihre bedürfnisse beansprucht, so dass für
unsereinen bald kein ort zum leben mehr vorhanden sein wird.
alles, was ihnen nicht nützt, rotten sie radikal aus, merken dabei
nicht einmal, dass sie sich selbst ausrotten, was uns gleichgültig las-
sen könnte, wenn wir nicht mit betroffen wären....

an dieser stelle bricht das manuskript leider ab. doch auch das ge-
fundene fragment hat mich nachdenklich gemacht.

.

schlussbemerkung für den geneigten leser

ich könnte noch viel erzählen von menschen und ereignissen, die mit alekull verbunden sind, fürchte aber, das könnte viele leser nur noch zum gähnen motivieren. das möchte ich anderen überlassen – nein, nicht das gähnen - , die alekull und uns kennen, beispielsweise meinen töchtern, die in diesen texten viel zu kurz gekommen sind, oder besuchern, die alekull und seine bewohner naturgemäß ganz anders erleben als wir, die wir dort wurzeln geschlagen haben.